KB272308

우리의 행복

우리의 행복

국회에서 통과된 한류분야

세계 유일한 분단국 민주주의 세계 평화 통일 교육을 위한 이야기

김영임 지음

좋은땅

내가 겪은 12.3 서울의 밤

2024년 12월 3일 밤 10시 30분경 담화문에 비상계엄을 선포하였다.

1980년 5월 18일을 경험해 본 사람으로서 그때처럼 가슴이 두근두근거리고 벌렁벌렁 불안했었다.

텔레비전을 계속 보고 있는데 비상계엄이 생중계가 되었다.

딸만 둘인데 다 출가를 하고 남편하고 둘이 사는데 예전에 젊었을 때는 안 되겠다고 앞에서 데모하였다.

이제는 나이가 들어 피할 수 없으니까 뒤에서 한다고 내일 출근하려면 잠을 청해 보라고 말해 놓고 나왔다.

나는 택시를 타고 여의도 어느 곳에서 내렸다.

군인들과 경찰들이 많이 깔려서 시민들과 맞서고 있었다.

순복음교회 탱크 소리가 들리고 국회 문 앞 국회 안은 아수라장이가 되었다.

나는 무서워서 벌벌 떨고 물러가라고 다들 소리쳤다.

비상계엄 해제를 위해 국회의원들이 속속 도착해서 담을 넘어가기도 했다.

국회의원 300명 중 151명 이상 과반수가 넘었다.

경찰이 국회 문을 닫고 못 들어가게 막자 몸으로 맞섰다.

시민들이 많이 와서 국회의원들 들어가는 것을 도왔다.

군인들이 창문을 부수고 국회 본청 진 앞까지 쳐들어온 것을 보좌진 청소부 시민들 비서들이 못 들어오게 몸싸움을 하였다.

지난 5. 18 때와 다른 것이 소극적으로 임무 수행하는 것 같았다.

지휘관이 담을 넘지 말고 들어가라는 말도 했다.

헬기 소리, 탱크 소리, 사람들의 비명 소리로 총탄이 날아올 것 같은 뒤죽박죽 세상이 한바탕 요란하게 개벽을 했는데 총을 쏜 사람은 다행히 없었다.

그사이 국회본청에서 통과하여 계엄이 해제되었는데 국회 운동장 잔디밭에 12대의 헬기가 내려와 앉아 특전사들이 나왔다.

군인들이 모두 계엄이 해제되었다고 인사를 하고 손을 흔들어 보이며 계엄 버스에 올라타고 가 버렸다.

오래 있다가 나는 그곳을 빠져나와 한참 걸었다. 택시를 타고 집으로 돌아와 거실에 들어와서 텔레비전을 켰다.

좀 있으니까 비상계엄이 6시간 만에 끝났다고 담화문이 나왔다.

전시 상태 비상사태도 아니고 이에 준하는 사태, 사변도 아닌데 또 병력으로 공공안녕 질서를 유지할 만큼 혼란도 없었다는데 국회에 군인들을 투입한 그것은 국헌 문란이었다.

요즘 군대가 엠지 세대 군인인데 반민주주의이고 부당한 지시에 무조건 따를 수 없다.

윤○○ 대통령 자기가 정권을 잡은 상태에서 더 힘을 강하기 위해서 친위 쿠테타를 일으킨 것이었다.

국방의 책임을 맡은 국방부장관, 수도방위사령관, 정예부대, 707특전사령관, 방첩사령관, 정보사령관, 일산의 탱크부대장 총출동했는데 시민들을 총으로 제압하라 했지만 시대의 흐름이라 할 수가 없었다.

제2의 계엄을 못한 이유

1. 서강대교를 넘지 마라.
2. 국회의사당 담을 넘지 말고 들어가라.
3. 서로 상호 존중을 했다.
4. 지시 없이 부당한 경우에는 현장 철수.

특전사가 빠져나간다. 수도 국군 방위 사단도 빠진다.

모든 계엄 실패의 원인은 헬기가 늦게 뜬 거다.

처음에 날씨는 진눈깨비가 내렸고 장관이 직접 지휘를 하려고 했다. "비행 허가해. 쏘지 마." 하고 밀어 넣으려고 했다고 한다. 여의도 고층 빌딩에서 쏘아야 했는데 반공포관할부 대장이 친구들과 술을 먹었다 한다.

전화 7통을 했는데 부재중이라 찍혔다.

이 비행 허가가 절차대로 되어 버리고 헬기가 공중에서 빙빙 돌아 들어가지 못하고 30분~40분 늦게 온 것이다.

목적이 불분명해서 혼선이 일어나 그사이 비상계엄이 해제되었다.

장관들이 반대하고 만류할 때는 듣지 않고 자기들이 책임질 듯하더니 지금에 와서 무엇인가. 군만 이용당했다. 화가 난다.

국방부 장관을 시켜서 다 한 것이 아니라 윤○○이 전화로 설치고 다녀서 돌이킬 수가 없었다.

비상계엄이 생중계가 되어 국민들이 다 보았고 세계인들이 지켜보았는데 내란죄로 대통령을 탄핵해야 한다고 국민들이 모여서 촛불집회, 지금은 응원봉으로 시위를 했다.

과격한 구호, 운동 가요 대신 K팝 떼창 응원봉으로 엠지 세대들의 콘서트장이 되어 흥겨웠다.

2024년 12월 14일 국회의사당에서 탄핵소추안이 300명이 투표하여 203명 국회의원 찬성으로 가결이 되어 본회의를 통과하였다.

즉시 대통령의 직무가 정지되고 국무총리 한덕수 씨가 권한대행으로 일을 보게 되었다.

이제는 윤○○ 대통령을 구속할 차례였다.

처음에는 경호팀이 완강하게 나와 실패를 했다.

공무집행방회죄로 경호처장이 구속이 되었다.

2025년 1월 15일 결국은 공수처의 많은 인력이 동원되고 체포 날짜를 길게 받아 버티지 못하고 구속이 되어 구치소로 연행되었다.

주말이 되면 국민들이 헌법재판소 근처에 모여 탄핵 찬성 집회를 하는데 시민들은 셀 수 없을 정도로 많았다.

눈 내리는 겨울, 우리 손으로 뽑은 대통령이 너무 많은 죄를 지어서 우리가 나서서 대통령 자리를 내려오라고 다시 만난 세계 축제와 같은 분위기 속에서 시위를 계속 이어 갔다.

가장 중요하게 다룬 것은 정치인을 체포하기 위해 군을 국회에 투입시킨 점을 심도 있게 깊이 증인 신청을 했다.

우리나라 군들이 국회에 다 모였는데 그중에 보이지 않는 곳에 국정원 사람들은 한 사람도 없었다. 군인을 혼자 있는 기자가 핸드폰으로 찍자 케이블타이로 기자의 손을 묶으려 하자 많이 저항해서 하지 못하고 핸드폰에 찍힌 것을 지우고 돌려주는 장면도 텔레비전에 나왔다.

12.3 내란의 밤 비상계엄을 선포하고 해제했는데 아무런 일도 일어나지 않았다고 야당 탓이라고 겁을 주기 위해서 보여 주기 식으로 했다는데 도저히 이해할 수 없었다.

그런데 탄핵 직접적인 증거는 체포지시, 끌어내라는 정치인들 포고령이란 죄를 지었다.

대통령의 전화로 직접 지시한 사람은 전 국정원 제1차장 홍장원과 전 특전사령관 곽종근 전 국방부장관 김용현이 지시한 사람은 수도국군방위사령관 이진우, 방첩사령관 여인형, 경찰청장 조지호가 요청을 받았다.

여인형, 조지호는 진술을 하고 결정적인 것은 정치인 체포대 명단 물증이 있다는 것이다.

비상계엄에서 가장 빛나는 사람들이 국회에 나와 증언한 말들을 생각해 보는 시간을 가져 보자.

내란의 밤, 전 국정원 제1차장 홍장원은 대통령에게 전화하라는 말을 보좌관에게 전달했다.

대통령에게 전화하니까 7시 30분경 2시간 뒤에 전화한다고 있으라고 했다.

비상계엄을 텔레비전으로 보았다. 대통령에게 전화 왔는데 싹 잡아들여라. 방첩사를 도와라. 대공수사권을 줄 테니 목적어 없이 지시를 받고 전화하니까 방첩사령관 여인형이 잡아들일 사람들 15명 명단을 다 메모장에 받아썼다.

홍장원은 장기적으로 존재하던 간첩단인 줄로 알았는데 정치인들 잡아들여라 해서 깜짝 놀랐다.

이 명단을 보좌관이 정리를 해 놓았다.

홍장원이 대통령 전화를 받고 국정원장 조태용에게 보고를 했다. 요점은 정치인들 잡으러 다닐 것 같다. 그래도 놀라지 않았다.

국무회의에 가서 이야기를 들었을 텐데 모른 체하고 내일 이야기합시다. 지침을 홍장원이 달라고 했는데 주지 않았다.

그다음 날 정치 중립 위반이라면서 그만두라는 투로 말했다. 그리고 국회에 나가 증언했다.

대통령을 좋아했다. 시키면 시킨 대로 다 하고 싶었다.

그런데 정치인 체포 지시 명단을 보니까 그러면 안 되는 것이다. 가족들과 편하게 저녁 식사 하고 텔레비전을 보는데 국군 방첩사 수사관과 국정원 조사관이 뛰어들어 지하벙커에 수갑을 채워서 넣었다. 대한민국이 그러면 안 되는 것 아닙니까. 이런 짓을 매일매일 하는 나라가 하나 있습니다. 어디 평양 매일매일 하는 기관 북한 보위부 박수가 터져 나왔다. 정보관료로서 오랜 경험상 2차 계엄까지는 아니더라도 지금 최근에 있는 상황을 판단해 보니까 최소한 2차 군사계엄의 가능성이 대단이 크다. 군인들이 거부할 수 없는 상황을 만들려고 했을 것이다.

내가 내란죄로 소추당할 것이다. 위기와 불안감을 느끼고 있었다.

방송을 통해서 전 국민이 드라마나 영화를 보는 것처럼 지켜봤기 때문이다. 왜냐면 그날 밤 여의도 국회에서 일어난 일들을 몇몇 사람들만 아는 게 아니기 때문이다. 모든 일이 일어나지 않은 것처럼 올 수 없었다.

곧 계엄이 해제되고 군이 안정화되지 않았다고 판단했다. 따라서 향후에 어떤 일이 일어날 수 있다고 다소 우려를 갖고 있었다.

국정원장님의 그 기억력, 캐리어 보고 같은 것 등의 관찰력에 너무 감동해서 롤 모델이 되었다.

주미대사 국가안보실장 국정원장 안보계 통일하는 사람 입장에서는 정말 멋진 커리어 갖고 있다는 분 아닙니까?

장난으로 보여 주기로 한번 겁주기 위해서 그랬다고 전쟁이 나면 미국 대사관으로 가는 것 아닙니까. 높은 사람 중에 대통령 말을 듣지 않는 빛나는 영웅이다.

곽종근 특정 사령관도 부당한 경우 대통령 말을 듣지 않았던 사람이며, 빛나는 영웅이라고 생각했다.

문을 부수고 국회의원들 끌어내라. 필요하면 전기라도 끊어라. 대통령 지시다. 그런데 정상적이라고 할 수 없었다.

다음은 현장에서 4명의 지휘관 때문 그날 밤 아무런 일도 일어나지 않았다. 국회에 나와 증언한 말을 모아서 써 보겠다.

공수여단장 이상현 단장은 지시를 받고 부하들이 있는 자리에서 복명복창했다 내 부하들을 속일 수가 없고 속여서도 안 된다고 생각합니다.

그리고 이 지시를 따를 수 없다고 생각해서 인원을 나오라고 지시했다.

모든 것을 기록해 놔라. 연필 말고. 정정할 수 있고 조작할 수 있다고 봐 볼펜으로 썼다.

특전대대장 김형기는 사람에 충성하지 않는다. 조직에 충성한다. 조직은 국가와 국민을 지키라고 있다. 명령이 중요하다. 그런데 조건이 있다. 정당해야 하고 합법적이어야 한다. 반드시 명령은 국민의 생명과 재산을 지키고 국가를 방위해야 하는 육군의 사명에 귀결되어야 한다.

우리가 목숨을 바쳐야 될 중요한 가치가 있다.

상급자 명령에 하급자가 복종하는 것은 국가와 국민을 지키라는 임무를 부여했을 때 국한된다. 과거나 지금도 변하지 않는 것이 있다.

"국가와 국민을 지키라는 그 덕분에 민주주의를 지킬 수 있었습니다. 저를 항명죄로 처벌해 주십시오. 그러면 제 부하들은 항명죄도 내란죄도 성립되지 않습니다.

그들은 어떤 잘못도 저지르지 않았습니다.

부탁드립니다. 정치적 수단으로 이용되지 않도록 날카로운 눈으로 지켜봐 주십시오.

23년을 국민들의 사랑을 받으며 군 생활을 해 왔는데 12. 4에 받은 임무를 어떻게 수행하겠습니까. 부하들에게 사람들하고 싸우지 마라, 때리지 마라, 부딪치지 말라고 지시했습니다."

수도방위사령 제1경비단장 조성현의 증언은 서강대교를 넘지 말고 기다려라.

상황이 이례적이었고 그 임무가 목적이 무었을 위해서가 분명하지 않아 평상시 생각지 못한 임무였다. 국회를 통제하라. 또 의원을 끌어내라고 단편적인 과업만 주셨는데 그것을 들었던 군인 누구도 정상적이라고 생각하지 않았을 것이다. 부하들에게 시키지 않은 것이 바람직하다.

수방사 작전처장 김문상은 헬기비행 목적이 불분명해서 서울 공역에 들어올 수 없다고 생각해서 3차례 보류했다. 그런데도 다시 요청이 들어와 합참에 문의했고 관련 없다 해서 육군본부에 다시 문의하니까 박안수 전 계엄 사령관 승인을 받았다고 해서 허락했다.

헬기가 들어오면 안 된다고 생각해서 모든 방법을 다 쓴 것이다.

지상 작전 사령관 강호필은 군이 동원된 데 대해서 스스로 참담한 심정을 가지고 있고 국민들에게 "정말 죄송합니다. 반이성적이고 반윤리적 있을 수 없는 일입니다."라고 표현했습니다. "군은 국민의 군대입니다. 군인은 정치적 중립의무를 반드시 준수해야 되고 군 본연의 의무에 매진해야 합니다. 군인으로서 가치관입니다. 매뉴얼에 따르다 즉각 중지했습니다." 계엄 해제 이후에도 지시해서 따르지 않았다는 증언을 했다.

헌법재판소에서 수방사 조성현 지휘관이 "대통령 앞에서 불가능한 지시를 왜 내리셨습니까?" 특정한 기억은 더 뚜렷하게 도드라지게 생각난다는 것을 알았습니다.

그리고 또 우리가 기억해야 할 사람은 김민기 사무총장이다.

계엄군이 도착했을 때 정문 일선에 가서 몸으로 막으면서 "누구 명령 받고 여기 왔느냐? 국회에 진입하려면 사무총장 허락을 받아야 한다. 들어오지 마라."고 막았다.

이 모든 것은 시민들의 저항과 군인들의 소극적으로 임무 수행 덕분에 막아낼 수 있었다.

여기에서 잘 대처해서 이○○ 대표님의 지도력은 검증받았다.

국회의원들은 비상계엄 2시간 후 국회로 다 들어와서 비상계엄 해제를 했다.

탄핵 심판 주요 쟁점

1. 비상계엄 위법·위헌적 요소
2. 위헌적 포고령 1호 선포
3. 국회 장악, 의결 방해 시도
4. 선관위 장악 시도
5. 정치인 체포 지시

대화와 타협을 하지 않고 비상계엄 선포 122일 만에 문형배 헌법 재판소장 권한대행은 재판관의 8:0 전원 일치된 의견으로 가결 111일 만에 2025년 4월 4일 11시 22분 주문 피청구인 대통령 윤○○이 파면됐다.

파면으로 인한 이익이 크다고 다수가 생각했다.

정권은 짧고 국민은 영원하다.

민주주의 승리 국민의 새 봄날이 다가왔다.

1980년 5월 18일이 2024년 12월 3일을 구했다.

과거가 현재를 도왔다.

1987년 헌법에 국회의원 과반수가 넘으면 비상계엄을 해제할 수 있다는 조항 덕분에 5.18 민주화 영령이 오늘의 산 자들인 우리를 구했다.

세계 국방력 5위인 우리나라 대한민국의 군이 국회에 다 동원이 되었는데 총 쏘는 사람이 없었고 한 명도 죽은 자가 없었다.

하느님, 신의 도움으로 5.18 영령에게 감사드린다.

나의 글은 에세이형 산문으로 아름답고 자유롭고 자연스런 문체이다.

이름은 김영임.

뜻은 문화 분야에서 젊었을 때부터 민주주의 세계 평화 통일의 기반을 만드는 교육을 스스로 맡아서 했다. 이 일은 계속 이어서 할 것이다.

2026년 글쓴이 김영임

1

요람에서

땅속에서 추위를 이겨 내고 생물들이 꿈틀거린다. 예년처럼 봄은 어김없이 때가 되니까 소식을 전해 온다.

우리나라는 작년에 성공적으로 신흥국으로 올라가면서 하계 서울 올림픽을 개최하여 눈부신 발전상을 보이고 세계 무대에 우뚝 솟아 경제 성장이 두드러졌다.

세계인의 관심은 대단했다. 이때부터 뜨거운 박수를 받고 한류 문화가 생겨나게 된 배경이라고 생각해 본다.

나는 지방에서 대학을 나와 서울에 올라와서 중소기업 사무직에 종사하는 회사원이다.

꽁꽁 얼어붙었던 날씨가 풀리기 시작한다. 바람 끝은 아직 차갑지만 봄기운이 도는지 호흡하기는 한결 수월하다. 겨울잠을 더 자려는지 기지개를 펴고서 다시 잠을 청하는 듯 사방이 조용하고 바람 소리만 간혹 들리기 때문 아직 봄은 멀리 있다고 생각이 든다.

그렇지만 봄은 우리 가까이에 와 있었다.

며칠이 지나자 강물도 풀린다는 절기 중의 하나인 우수에 비가 내린다.

추적추적 내리는 비를 비닐우산으로 받고 카페에 들어가 한쪽 자리에 앉았다.

회사에서 퇴근하고 잔업을 하는데 나는 먼저 일을 마치고 저녁을 해결하기 위해 이곳에 들렀다.

나는 처음에 월세에 살았는데 그동안 돈을 모아 빌라 전세를 얻어 자취를 하고 있었다.

남자친구도 현장에서 책임을 맡고 있기 때문 오늘은 혼자 카페에서 음악을 들으며 음식 나오기를 기다리고 있었다.

입맛을 돋우는 수프가 나오고 떡갈비를 곁들인 밥이 반찬과 같이 나와 천천히 맛을 음미하고 있었다.

혼자 먹는 밥이 싫기는 하지만 도시에서 혼자 살아남기 위해선 어쩔 수 없이 외로움을 스스로 달래는 데 길들여졌다.

저녁을 먹은 후 허브 차 한잔의 여유를 즐긴다.

오래도록 독서 일기를 써 왔다. 언제인가는 문학을 시작하려고 하는데 그 시점이 다가온 것 같다.

잔잔한 음악이 마음속에 들어와 물결처럼 파문이 퍼진다.

마지막 차 한 모금을 마신 뒤 자리에서 일어나 밖으로 나갔다.

밤공기가 아직은 피부에 차갑게 느껴진다.

하늘을 바라보니 별이 보이지 않는다. 좀처럼 이곳에서는 찾아볼 수 없는 모습이라 아쉬운 마음이다.

가로등이 밝게 비추인 길을 걸어서 집에 도착한다.

정원 뜨락이 잘 가꾸어진 집 옆에 빌라 2층이 내가 사는 곳이다. 계단을 올라 문 앞에서 비밀번호를 누르고 들어갔다.

아무도 없는 거실에 불을 켠다.

방에 들어가 곧바로 누워 있다가 옷을 갈아입는다.

목욕탕에 들어가 세안을 하고 양치질을 한 뒤 나온다.

텔레비전을 켜니까 뉴스를 하는 시간이었다.

서울에서 대학을 다니고 취업을 해서 산 지 올해 십 년이 되었다. 그동안 고향이 같은 직장 동료를 만나 오랫동안 사귀면서 미래를 같이하자는 남자친구도 있었다. 우리는 우연히도 서로 공통점을 많이 발견하게 되었다.

같은 또래이고 교육을 같이 받아 세대 차이가 나지 않아서 대화가 잘 통하는 연인으로 발전한 사이였다. 나는 남자친구를 생각하다 스르르 잠이 들었다.

꿈속에서 왕자님을 만나 왈츠를 추는 장면이 나왔다. 밤새 데이트하는 달콤한 사랑에 빠져 황홀한 기분으로 잠을 깨니 바람 한 점이 창가에 앉아 있었다.

창문을 열자 인사를 하는 모습이 오래전부터 해 오던 것처럼 자연스러웠다.

핸드폰의 음악 소리가 울린다.

"여보세요. 하성은 씨. 자기야."

"그래. 나야. 주말인데 데이트를 즐기자구. 준비해. 두 시간 뒤 그곳에서 봐요, 영애 씨."

"알았어요. 준비할게요."

나는 머리를 감아 드라이기로 말리고 화장도 정성들여 고웁게 하고는 이 옷 저 옷 입어 보았다.

제일 마음에 드는 옷을 골라 갈아입고 향수도 뿌렸다.

핸드백을 메고 집을 나와서 우리는 자주 만나는 카페로 들어갔다. 먼저 와서 자리를 잡아놓고 기다리고 있었다.

"성은 씨, 오래 기다렸어?"

"좀 됐어. 영애만 생각하니 지루한 줄 모르겠다. 여기 아메리카노 한 잔 더요. 앉아. 오늘은 우리 중요한 결혼 이야기를 나누었으면 좋겠다. 우리의 미래에 대해서."

"그래요. 우리가 때가 된 것 같아요."

"영애 씨가 회사에 다닌 지가 6년이고 나는 군대 갔다 와서 3년이 되었는데 도시 생활이 외로우니 결혼해서 가정을 만들어 알콩달콩 살아가자."

"결혼하기 위해서 박람회에 참석해 설명을 들어 봐요."

"언제든지 시간 내서 가 보고 결혼식은 내년 봄에 올리도록 지금부터 계획을 세워 준비해 가요."

오늘은 하루 종일 같이 시간을 보내면서 결혼에 대해 많은 대화가 오고 갔다.

일상은 항상 바쁘지만 즐거웠다.

어느 사이 봄은 한가운데 와서 가지가지 꽃들이 예년처럼 피어 나오고 그윽한 꽃향기가 진동을 해 기분 좋은 나날들이 전개되었다.

옅은 녹색은 나날이 짙은 푸르름으로 노래를 하곤 했다.

햇살은 눈부시게 온 누리를 비추고 이파리에 맺힌 영롱한 아침 이슬이 대롱대롱 무지개 빛깔이 반짝였다.

담장 너머 넝쿨 장미와 함박꽃이 해맑게 웃고 있었다.

화창하게 갠 날씨는 점점 더워진다.

오늘은 일요일 성은 씨가 집에 오기로 했다.

어제 재워 둔 돼지불고기와 된장찌개를 집에서 해 가지고 같이 먹자는데 좋아하는 것이 눈에 보였다.

음식 냄새가 집안에 퍼지자 사람 사는 냄새가 이런 것이 아닌가. 생기가 돌아 즐거운 마음이 새록새록 정감이 넘쳐흘렀다. 이윽고 시간이 되었다. 현관문이 열리자 백합 몇 송이와 안개꽃을 한 아름 갖고 들어와 안겨 주면서 볼에 뽀뽀를 한다.

화병에 꽂아 놓은 백합꽃의 그윽한 향기가 거실 가득히 피어나는 모습이 아름다웠다.

식탁에서 마주 보고 몇 가지 음식을 맛있게 먹는 모습도 보기 좋았다.

이런 기회가 이따금씩은 필요했었다.

우리는 오랜 시간 사귀면서 사랑이 무르익었다.

이번 휴가 때는 양가 부모님께 인사를 하러 가자는 말이 나와 그렇게 보내기로 했다.

그런 뒤 두 달이 지나고 벌써 태양이 이글이글 타오르는 찜통더위가 간다는 입추, 말복이 지나갔다.

제법 시원한 바람이 분다. 낮에는 대기불안정으로 내리는 소나기 때문 더위가 한풀 꺾이는 모양이다.

하늘에는 두둥실 구름이 떠다닌다. 창공을 나는 새들의 자유롭게 비행을 하는 모습을 한참 동안 감상한다.

　나에게도 하고 싶은 것을 마음대로 할 수 있는 자유가 있다. 때를 기다리자 그렇게 하기 위해서는 지금부터 준비를 하자. 아직 젊기 때문 꿈을 꿀 수가 있지 않은가?

　집 옆의 뜨락에 텃밭이 잘 가꾸어진 가정집 안에서 벌레 우는 소리가 들린다. 가을이 온다는 기미가 엿보이는 곳이다.

　방울토마토가 익었고 가지, 고추, 상추, 호박이 열려서 도시에서는 보기 드문 시골 정서가 묻어 있어서 보기 좋았다.

　밤에는 창가에 귀뚜라미가 구슬프게 노래를 하면 감수성이 예민해져 가족이 그리워진다.

　나는 외로움을 달래기 위해 글쓰기를 시작한다.

　어스름한 밤하늘에 반달이 떠 있다. 별도 보인다. 미리내 은하수가 무더기로 별 사이를 흐르는 우주가 너무나 넓어 내 마음 호수만 하니 눈 감을 수밖에 없구나. 나는 그만 잠자리에 들었다.

　짙은 녹색 이파리가 채색이 되어 빛깔이 변해 가기 위해 태양 볕을 마음껏 받아 호흡하고 있었다.

　울창하게 우거진 나뭇잎은 하나둘 물이 들어가기 시작했다.

　노랑 빨강 아름다운 색상으로 변한 것도 잠시 낙엽이 되어 떨어진다. 언제나 이맘때면 볼 수 있는 장면이다. 가을은 더욱 깊어져 우리 가까이에서 느끼게 하는 전경들은 언제나 그랬던 것처럼 바람이 불면 이파리가 우수수 떨어져 낙엽을 밟으며 거닐곤 한다.

　나는 성당 마당에 떨어져 쌓인 낙엽을 밤새 밟으며 돌아다닌다. 시몬 낙엽 밟는 소리가 들리는가? 바스락바스락 소리가 먼 옛날 이야기를 말해 주는 듯 귓가에 소곤소곤거린다. 사람들이 너무 많이 밟고 다녀 낙엽이 부서진다.

나는 늦도록 자리에 앉아 커피에 취해 성모상을 바라본다.

낙엽과 커피 향기가 성당에 가득하다.

나의 꿈을 이룰 수 있도록 도와주시라고 기도를 한다.

꿈이 모락모락 피어나는 곳. 잊을 수 없는 학창시절의 친구들도 추억이 잠시 생각나 나는 커피 한 모금 마셔본다.

감나무에도 간밤에 세찬 바람이 불더니 마지막 잎새는 다 떨어지고 빨간 감이 높은 곳에 매달려 있었다.

하늘을 나는 작은 참새는 누가 돌보지 않는데도 살아가지 않느냐. 아, 저것은 새들을 위해 사람이 딸 수 없게 만들어 놓아 새의 먹잇감이 되는구나.

우리 사람들은 하느님이 먹고살 수 있게 만들어 준다는 것을 느끼게 하시고 하느님은 사람이 견딜 수 있을 만큼 고통을 주신다. 왜냐하면 인간은 교만해지면 하느님을 찾지 않기 때문 시련을 겪고 난 뒤 하느님의 은혜를 몇 배, 몇천 배로 내려 주신 것을 기도로 깨닫게 해 주신다.

먼저 의를 구하고 내가 원하는 바를 기도로 간구하고 청하면 들어주신다.

즐거운 크리스마스가 다가온다.

지난여름 휴가 때 인사를 드렸고 주말에 상견례하자고 부모님과 동생들에게 올라오라고 했었다.

가게에 들어가면 캐롤송이 울려 퍼져서 거리를 거니는 사람들은 흘러나온 노래 소리에 분위기가 흥겨웁다.

"엄마, 아빠, 연호. 네 식구 오랜만에 서울에 올라와서 시내 구경하니 재미있다. 오후 6시에 만나기로 했으니 시간이 좀 있어."

"오다가 휴게소에서 이것저것 먹었더니 아직 든든하다."

"그럼 카페에 들어가서 커피 마시자."

카페에 앉아서 커피를 한 잔씩 음미하면서 이야기를 나누고 시간을 기다리고 있었다.

이윽고 시내 어느 호텔 안 룸에 자리가 만들어져 양가 가족들이 모여 인사를 나누었다.

먼저 준비된 테이블에 물과 와인이 따라져 있어서 한 모금씩 마시며 이런저런 대화가 이어졌다.

"아들만 둘인데 큰애는 결혼했고 작은 아들입니다."

"우리는 누나이고 남매인데 밑에는 아들입니다."

"대학 때부터 사귀어서 올해 십 년째라는데 집은 빌라 전세에서 신혼을 시작하고 하 서방이 번 돈은 집 살 때 보탠다는 자세한 말도 서로 의논해서 한다니까 성인들이니 믿고 맡겨 봅시다."

"예, 안사돈 저희들이 일찍부터 독립했으니 알아서 하도록 마음만 성원해 주십시다."

음식은 스프가 나온 뒤 조그만 스테이크가 나왔으나 저녁으로 만족하게 먹을 수 없는 것이었다.

품위 있게 고급 호텔에 앉아 분위기 좋은 대화를 하는데 의의를 두었기 때문 얼굴 보고 덕담을 나누었다.

상견례는 무사히 마치고 부모님들은 시골로 내려가셨다.

거리에는 세찬 바람이 불어왔다.

한 해가 다해 가는데 마음속에 아쉬움이 많이 남는다.

마지막 밤 제야의 종소리를 들으며 한 해를 정리한다.

다시 한 해가 새롭게 우리에게 다가왔다.

가장 춥다고 하는 일월이 하얀 눈 속에 얼었다 녹았다 반복하기를 반복하며 겨울 이야기로 일상에서 꽃을 피운다. 그런데 벌써 봄이 온다는 소식이 전해진다. 아직은 춥지만 땅속에서 겨울잠을 자는 생물들이 기지개를 편다.

바람 끝이 차갑게 느껴지는데 기분은 설렌다.

우리는 회사 생활을 잘하고 있으며 남자친구와 매일 만나 미래의 꿈을 현실로 이루기 위해 설계를 한다.

살랑살랑 봄바람이 여인의 치맛자락으로 불어온다. 봄비가 내린 뒤 추위가 풀린 듯 발걸음이 한층 가벼워졌다. 개구리가 잠에서 깨어난다는 절기 중의 하나인 경칩이 지나면서 나뭇가지에는 물이 오르기 시작한다.

앙상한 나뭇가지에 새순이 돋아나 생기가 넘쳐흐른다.

날씨가 완전히 풀려서 봄기운에 기분이 상쾌해져 날아갈 것 같다.

회사에서 직원들과 점심을 먹는다.

식판을 들고 성은 씨를 마주보며 밥을 먹은 뒤 사무실에 여러 직원들이 모여서 자판기 커피를 뽑아 한 잔씩 마신다.

"우리 다음 달에 결혼해요."

"오, 사내 커플이더니 결국은 그렇게 됐어? 축하해요."

"어디서 하는데?"

"회사에서 가까운 웨딩홀에서 해요."

"모두 가서 축하해 주어야지. 카톡으로 보내요."

한쪽에서는 친하게 지낸 동료이자 친구인 여자 넷이서 커피 한 모금씩 마시며 수다를 떨고 있었다.

"예전엔 부케를 꽃집에서 맞추었는데."

"지금은 웨딩홀에서 웨딩드레스에 어울리는 부케가 나와. 드레스도 한 벌만 맞추는 것이 아니라 웨딩 촬영을 하기 때문 여러 벌 골라서 갈아입고 찍어. 그래서 좋은 것 같아. 누가 부케를 던지면 받을래?"

"지우가 받아. 남자친구가 있어. 부케 받은 사람은 6개월 안에 결혼해야 한다는 말이 있는데."

그것은 웃기기 위해 나온 말이고, 그래, 지우가 받으면 좋겠다. 우리는 나이가 비슷한 사회에 나와서 사귄 친구이다. 점심시간이 끝나자 자리에 앉아 일에 집중하고 사무를 보았다. 기온이 올라 창문을 열자 맑은 공기로 환기를 시키니 분위기가 좋아졌다.

어디에서 일찍 핀 꽃향기가 날아오는 것 같다.

봄비가 내린 뒤 엷은 녹색의 짙어지는 느낌이 새롭다. 풀빛 물빛 화음이 찬란하게 퍼져 나가는 봄 햇살이 따스하다. 사랑이란 행복이란 작은 것에 감동을 주는 것이다.

결코 물질에 있는 것이 아니라 마음속에 존재한다고 나는 생각한다.

언제나 주말이 되면 경기도 시골에 있는 조그마한 성당에 자주 간다. 들이 있고 산이 있는 경치 좋은 곳에 둘이 도시를 벗어나 사회에서 받은 스트레스를 풀고 마음을 새롭게 다 잡고 일상생활에 복귀하곤 했었다.

결혼을 앞두고 추억을 새기기 위해 이곳을 찾아왔다. 주위에 핀 봄꽃을 꺾어 긴 풀잎으로 묶어서 화관을 만들었다. 꽃반지를 만들어 끼워 주고 화관을 머리에 씌워 주었다.

"사랑해, 영애야. 이 순간을 영원히 기억하자. 나의 반쪽, 나의 인생의 동반자가 되어 주렴."

"우리 살아가면서 힘든 일도 있겠지만 다 극복하고 행복하게 살면서 나이 들어가요. 이 사랑 변치 말고 일생을 함께해요, 성은 씨." 꼭 껴안아 주었다.

그리고 이 주 뒤 아름다운 신랑, 신부가 되어 결혼식을 올렸다. 눈처럼 하얀 웨딩드레스를 입고 눈부시게 빛나는 날 하늘과 땅, 모든 분들이 축하해 주는 평생 가약을 맺어 검은 머리가 하얗게 변할 때까지, 죽음이 갈라 놓을 때 그 순간까지도 사랑하자고 맹세하였다.

잔잔한 음악, 아름다운 선율이 흐르고 무사히 결혼식을 마치고는 외국으로 신혼여행을 떠났다.

4박 5일 태국 푸켓 휴양지에서 달콤한 밀월여행을 즐기다가 돌아와 신혼의 단꿈에 젖어 있었다. 회사 출근은 8시 30분까지이고 퇴근은 오후 6시에 퇴근이지만 현장에서 일하는 직원들은 2시간 잔업을 더한다. 나는 먼저 퇴근해서 저녁을 해 놓고 기다리면 남편이 귀가를 해 같이 밥을 먹는다.

소소한 행복으로 일상이 연결되어 마음속에 가득 채워진다. 가정의 달,

푸른 5월의 맑은 눈에 비추어진 당신은 긴 인생의 출발점에서 손잡고 가는 유일한 사람. 한 길을 같이 걸어간다.

우리는 이렇게 서로를 위해 주며 재미있는 신혼을 보냈다. 생애에서 가장 황홀하고 행복한 시절을 알콩달콩 지내자. 하느님은 축복으로 아기를 선물하신 뜻을 가슴에 잘 새겨 주셨다.

지난여름은 더워도 더운 줄 모를 만큼 우리 부부는 뜨겁게 사랑하였다. 그리고 계절이 가을이라고 느낄 때 배 속에는 아기가 무럭무럭 잘 자라고 있었다.

예년처럼 낙엽철이 다가오고 나는 혼자가 아닌 가정을 이루고 태어날 아기를 생각하며 매일 즐거운 날을 보냈다. 나뭇가지에 마지막 잎새는 지고 찬바람이 세차게 불어와 겨울로 가는 길목에 서서 아이를 위해 기도를 했다.

우리 아이들의 세상은 사회 복지제도가 잘 되어 많은 혜택을 받고 넉넉한 생활을 누리면서 살 수 있게 하소서.

우리가 원하는 직업을 선택해서 자기가 하고 싶은 일을 국가에서 뒷받침이 되어 꿈을 실현할 수 있는 사회가 될 수 있도록 두 손 모으고 묵상합니다.

이 시대의 주인이 되어 앞에서 이끌어 가는 선구자 역할을 스스로 맡아 미래의 통일된 조국을 건설할 수 있는 힘을 주소서. 드디어 다정이는 엄마, 아빠의 사랑과 관심 속에 꽃피는 봄에 태어나 모든 사람의 축하를 받았다. 포대기, 적은 이불, 요람 속에서 엄마 품에 안겨 방긋방긋 웃는 모습은 천사와 같았다.

꽃내음 가득히 퍼져 향기로운 그 모습 꽃보다 아름다운 우리 다정이 새근새근 잠을 잔다.

어른들의 산업화, 민주화 시대를 일구어 놓은 경제력으로 빈부의 격차가 크지만 최소한 아이들이 누리며 살 수 있도록 정치권에서 솔선수범하는 자세를 보여 주기를 바란다. 아무 근심 걱정 없이 우유를 먹고 잠자는 것을 바라보면은 시간 가는 줄 모르게 하루해가 다 간다.

이렇게 시간은 금세 백 일이 가고 돌이 지나갔다.

아기는 한 걸음, 두 걸음 걷게 되었다. 엄마, 아빠, 맘마 한마디씩 말을 하기 시작할 때 나의 가슴 속에는 감동의 물결이 몰려왔다. 나는 성당 마당에 유모차를 끌고 국화 향기를 따라나와 있었다. 하늘이 높고 파랗다. 조각구름이 두둥실 떠다니고 새들이 자유롭게 창공을 날아다닌다.

나는 다정이 엄마지만 나의 이름을 잃어버리고 살고 싶지 않다. 새로운 세계에 대한 도전을 할 수 있는 용기와 힘을 기르자 산들바람이 불어와 머리카락이 날린다. 시원한 바람결이 부드러운지 아기는 깨지 않고 잠에 취해 있었다.

행복한 삶이란 거창하지 않고 일상생활에 감사하는 마음에서부터 시작된다는 것을 깨달아 나는 알 수가 있었다.

2

무상 교육

영원한 생명을 얻으려면 무엇을 해야 할까? 하느님을 온 마음으로 사랑해야 한다고 말씀하신다. 여기서 하느님의 사랑이 그 중심에 있었다.

하느님을 마음과 목숨 온 힘을 다하고 정신을 다해 사랑해야 한다. 그리고 하느님의 사랑 안에서 이웃도 사랑하고 자기 자신도 사랑하는 것이라고 가르침을 주신다.

성경은 우리 생생한 이야기 속으로 초대한다.

여러 사건을 통해 드러나는 하느님과 예수님에 관한 이야기다. 단지 하느님과 예수님만이 아니라 다양한 모습과 특징을 가진 인물들. 우리와 닮았기에 그들을 통해 많은 것을 깨닫게 된다.

"너희는 주의하여라. 모든 탐욕을 경계하여라. 아무리 부유하더라도 사람의 생명은 그의 재산에 달려 있지 않다."라고 강조하신다.

"자신을 위해서는 재화를 모으면서 하느님 앞에서는 부유하지 못한 사람이 바로 이러하다." 이 부자의 어리석음을 이렇게 설명하셨다.

우리가 이 세상을 살아가면서 돈으로 살 수 없는 것들에는 건강, 우정, 사랑, 생명 등이 있는데 특히 죽음 앞에서 인간의 유한성을 절감하게 된다.

그래서 생명은 인간의 노고의 결실인 재화로 살 수 없는 선물이다.

여러분은 이미 죽었고 여러분의 생명은 그리스도와 함께 하느님 안에 숨겨져 있기 때문이다.

우리 인간의 모든 지혜와 능력도 나의 것이 아니라 다 하느님이 주신 선물이라고 생각한다.

사랑은 빵 없이는 살 수 있지만 빵만으로 살 수도 없는 존재이다. 우리에게 생명을 주시고 늘 사랑으로 돌보아 주시는 하느님의 자녀들로써 소유욕에 기울기보다 존재로서의 삶을 살아야겠다고 다시금 생각해 보는 기회가 되었다.

인간의 가치는 무엇을 가졌느냐에 있지 않고 어떤 인간이냐에 있는 것이라고 잠시 묵상해 보았다.

지금부터는 국가에서 보상을 해 주어서 태어날 때부터 놀이방 비용이 나온다.

두 돌이 지나고 봄학기부터 애들은 사회성도 배우고 또래 친구들이 공동생활을 하는 질서규범도 자연스럽게 놀이방에서 습득하게 된다.

고사리 같은 손으로 크레파스와 도화지를 사용해서 먼저 색깔을 익히고 색칠하는 법을 배우는 맑은 동심을 우리의 꿈나무들을 사랑과 정성으로 키우자.

나는 그 뒤 아들을 낳아 하다현이라고 이름을 지었다.

우리 집은 아이들의 밝은 웃음소리로 시끌벅적거리며 사람 사는 냄새로 사랑이 넘쳐흘렀다.

놀이터에 나와 아이들은 자유롭게 놀고 있으며 나는 그 옆 벤치에 앉아 시집을 읽는다.

낙엽 지는 가을에는 성당 안 은행잎이 노오랗게 단풍이 들어 바람이 불면 우수수 나무 밑에 떨어진다. 노란 은행잎을 한 잎, 두 잎 아이들도 같이 줍는다.

작년에 책갈피에 넣어 둔 이파리가 갈색이 되어 있었다.

올해에도 예년처럼 책갈피에 단풍잎을 넣어 둔다.

저녁에 되어 아빠가 퇴근해서 돌아오면 아빠 품에 와락 들어가 애교를 부리는 애들을 보면 피곤이 풀린다. 아무 탈 없이 건강하게 잘 자라 주는 게 고맙다고 말씀하신다. 온 가족이 식탁에 앉아 밥을 먹는다.

이렇게 아이들의 재롱을 보며 시간 가는 줄 모르게 한 해가 저무는 연말이 되었다.

수출이 잘되어 연말 상여금, 선물 등을 회사에서 챙겨 준 덕분에 따뜻한 겨울을 보내게 되어서 기쁜 마음이다.

지인들에게 크리스마스카드 겸 연하장을 보내기도 했다.

벌써 큰 아이가 유치원에 들어갔다.

요즈음에는 한글 배우기에 바빠 있었다.

학습지를 공부한지 삼 개월 되었는데 어느 날 갑자기 한글을 줄줄이 읽기 시작한다.

너무나 신기해 이런 것이 아이들 키우는 재미인가 하고 마음이 뿌듯하고 대견해 보여 기뻤다.

유치원에서는 한 달에 한 번씩 체험 학습을 간다.

이번에는 엄마와 아이들이 함께 봄 소풍가기 위해 준비를 한다.

관광버스를 몇 대 빌려서 아이들이 탄 버스, 엄마들만 탄 버스가 각각 출발하였다. 경치 좋은 엷은 녹색이 출렁이는 수목원에서 하차했다.

넓은 수목원을 몇 바퀴 감상하면서 거닐다가 점심때가 되었다. 옆의 운동장에 나무가 나란히 심어져 있었다.

그늘 밑에 돗자리를 깔고 앉아서 김밥, 음료수, 통닭 등 맛있는 음식을 펼쳐 놓았다.

친구들, 엄마들, 동생들이 모여서 시끄러웠지만 밥을 먹는 시간엔 조용해졌다. 마이크 있는 곳에서 멋있는 음악이 흘러나와 기분이 너무 좋았다.

한낮에는 기온이 올라 덥게 느껴지는 봄날의 한때였다. 점심을 먹은 뒤 엄마들 아이들이 섞어서 재미있는 레크레이션을 했다. 유쾌하게 스트레스를 풀고 보물찾기를 한 뒤 선물을 받고서 해가 지기 전 집으로 돌아왔다.

바람은 시원한데 날씨는 점점 더워진다.

하루가 지나가고 고단한 느낌으로 밤이 찾아왔다.

온 식구가 잠이 들고 난 뒤 혼자서 가만히 생각에 잠겼다. 애들이 자라는데 나는 무엇이라도 해야 되지 않을까. 그래, 내가 좋아하는 글쓰기가 있었지. 생각이 날 때마다 습작을 하는데 언제인가는 빛을 볼 날이 있지 않을까.

달 밝은 밤하늘에는 별이 드문드문 보이기는 하는데 달무리가 떠 있어서 비가 내릴 것 같은 예감이 들기도 한다.

평화롭게 전개된 일상이 되어서 하느님께 감사기도 드린다.

나는 애들의 잠자는 모습을 보고 남편 옆에서 깊은 잠이 든다.

어느새 더운 여름이 왔다 가고 가을이 온다는 소식을 전한다. 큰아이가 재롱잔치 연습한다고 늦게 귀가하고 작은 아이는 놀이방에 다니기 때문 나의 시간이 주어졌다.

전철을 타고 경기도 주변의 들녘에 나와 있었다.

시야에 들어온 넓은 들. 가슴이 탁 트인 넓은 공간을 이어 주는 한 송이, 두 송이 피기 시작한 코스모스 시골길을 걷고 있는 중이다.

잠시 일상을 벗어나 나는 자유를 즐기고 있다는 것이 중요했다.

은은한 향기가 날리는 이름 모를 가을꽃도 발견했다.

벼가 익어 가며 황금물결을 이룬 들판이다. 예전에는 허수아비가 서 있었지만 지금은 참새들도 먹고 살아야 수확이 많이 나오기 때문 신경을 쓰지 않는다.

기분 전환을 하고 편의점에서 아메리카노를 한 잔 사서 전철역 벤치에 앉아 한 모금씩 마시면서 전철을 기다린다.

커피 냄새가 코끝에 진동해 기분이 좋아진다.

시간 맞추어 집으로 들어오자 아이들이 올 시간이 되었다.

한 달 이상 아이들이 준비를 해 왔다고 한다. 크리스마스 무렵에는 재롱잔치를 열어 축제 분위기였다.

노래, 무용, 장기자랑을 하는데 귀여운 아이들의 재롱에 재미있고 유쾌한 시간을 엄마들과 아빠들이 함께 보내게 되어서 유익한 사랑으로 추억을 새겼다.

오랜만에 집에 돌아와 피자를 시켜서 맛있게 먹는 모습이 오래도록 기억에 남았다. 종종 이때를 생각하게 될 것 같다.

그 뒤 날씨는 추운 겨울로 들어섰고, 몇 개월 동안 따뜻한 집 안에서 동화책을 읽으며 엄마의 옛날이야기를 듣기도 했었다.

우리는 큰아이가 초등학교 들어가기 전 분양을 받아 지어진 새 아파트에 막 입주를 한 상태였다.

아이들을 대학에 보내기 위해서는 집 장만을 먼저 해서 자리를 잡아야 한다고 생각했었다.

초목에는 생기가 돌아 훈풍이 불어들어 기분이 상쾌해진다.

깨끗한 환경에서 살게 되어 온 가족이 좋아했다.

올봄에 큰아이 다정이가 초등학교에 입학해서 학부모 회의와 급식을 해야 하기 때문에 나는 학교 다니기에 바빠 있었다.

어느 사이 목련꽃이 피고 벚꽃이 피어 꽃잎이 낙화하는 모습을 감상하는 데 시간 가는 줄 몰랐다.

세상은 여러 가지 꽃을 피워 내 벌과 나비들이 춤을 추며 날아드는 봄의 한가운데서 가곡을 불러보기도 한다.

우리의 일상 속에 새롭게 파고드는 봄은 나들이 가기에 마음이 설레는데 다시 어렸을 적 그 시절로 돌아가는 것 같은 착각이 잠시 들기도 했었다. 얼마 전까지만 해도 유모차를 태우고 놀이터에서 놀기도 했는데 벌써 초등학생이 되었다는 게 너무나 빠르게 시간이 흐른다는 것이 한편으로 허전하기도 했다.

아이들은 아무 탈 없이 무럭무럭 잘 자라 주어서 고마웠다.

온도는 시원한데 갈수록 더워지는 느낌이 든다. 상큼한 오이의 향기가 거실에 가득 채워지는 오이무침, 불고기, 된장찌개로 식탁에 차려졌다.

하루 일과가 끝나고 네 식구가 오순도순 이야기를 나누며 저녁을 먹는
다. 정겨운 우리의 가정생활이 묻어 나온다.

땡볕 더위는 장마철이 지나고 푹푹 찌는 듯한 한여름이 반갑지는 않지
만 그래야 알곡이 여물어 익어 가기 때문 덥기는 하지만 이겨 내야 한다
는 생각이다.

그래야 그 다음에는 풍성한 결실의 계절이 찾아온다.

한낮에는 소나기가 가끔씩 쏟아져서 더위를 식혀주는 듯 아침저녁에
는 제법 시원한 바람이 불어온다.

이제는 가을이라 가을바람 솔솔 불어오는 푸른 잎 붉은 치마 갈아입기
위해서 녹색이 채색된다.

한편 초등학교 아이들은 과천 서울랜드 체험학습 가는데 엄마들도 같
이 갈 수 있어서 준비를 한다.

맛있는 음식을 만들기도 하고 사기도 해서 들기 좋게 간편한 짐을 양손
에 나누어서 들고 버스에 올랐다.

일찍 놀이터에 와서 기차, 회전목마 등 놀이기구를 타고 노는 모습이
티 없이 맑고 고왔다.

한참 놀고 난 뒤 점심시간이 되어 싸온 음식을 한쪽 자리에 앉아 풀어
놓고 맛있게 먹는 모습도 너무 귀여웠다. 다음에는 식물원을 걸어서 산
책을 했다.

아직 물이 들기 전 짙은 녹색 우거진 숲에서 산새들의 노래하는 하모니
가 어우러진 곳을 지나 이번에는 동물원을 구경하고 있었다. 너무나 신
기하다는 표정을 짓고 호기심이 많은 동심에 눈빛이 반짝반짝 빛나는 미
래의 희망을 나는 내다보았다.

나라의 보배 주인공으로 성장해서 미래를 이끌고 가는 젊은이로 거듭나기를 마음속으로 기도를 했었다.

이렇게 하루가 다르게 자라는 모습을 지켜보는 것은 나의 기쁨이었고 행복으로 가득 차올랐다.

나의 삶에도 발전이 있어서 좋았다.

글이 좋아서 아이들 키우면서 쓰기 시작했던 것이 아마추어에서 프로가 되어 가정생활에 보탬이 되었다. 아직은 성공한 작가가 아니지만 언제인가는 유명한 사람이 될 것이라는 꿈이 희망이 되어 다가왔다.

그래서 정서적으로 안정이 되고 영감이 잘 떠오르기 때문 성당에 가서 강론도 듣기도 하고 사색에 잠겨 기도를 많이 하고 있다.

몇 년이 훌쩍 지나갔다.

요즘 아이들은 성장을 빨리하는데 큰 아이도 중학생 사춘기가 되어서 많이 신경 쓰인다.

육체적인 탄생에서 정신적인 탄생의 과도기에 부모로서 할 수 있는 것은 아이들의 생각에서 나온 말들을 잘 들어 주는 것이다. 이 시기를 잘 보내야 올바른 성인으로 입성한다고 생각한다. 젊음을 상징하는 녹색의 계절이 새삼 다르게 느껴진다. 무엇을 하고 살아가야 하나? 내가 잘한 것은 무엇인가? 하고 싶은 것은 싫증이 나지 않고, 좋아하는 것은 무엇인가? 공부하기에 바쁜 학생들을 이런 생각을 많이 한다.

아이들이 자라는 모습을 보며 나도 그 시절 이렇게 했었구나. 나의 모습을 보는 것 같아 참으로 대견했었다.

예년처럼 봄은 요술 지휘봉을 휘두른 것처럼 차례대로 꽃이 피어나는 마력을 지닌 것 같았다.

아이들은 이 시기에 꿈과 희망이 마음속에 가득히 영롱한 아침 이슬방울에 반사하여 오색 무지개빛 수를 놓는다.

따뜻한 햇볕은 온 누리에 찬란하게 내리 비추이는 계절이다.

녹색 이파리는 더욱 짙은 색깔로 우거져 눈을 아름답게 만들고 정서적으로 안정을 주는 고마운 색상이다.

가정의 달 오월의 여왕답게 장미꽃이 넝쿨 따라 아름답게 피어 있다. 한낮에는 온도가 올라가 무덥다는 느낌이 들 정도로 햇볕이 강하게 쬐였다.

몇 년 전부터 중학교가 의무교육이 되어 무상이다.

급식, 교과서 대금도 마찬가지지만 사교육비가 많이 들어가서 부담이 되어 사회문제로 크게 떠오르고 있었다.

우리나라는 가장 빠른 시간 안에 눈부신 발전을 거듭하였다. 그러나 가진 사람은 너무나 많이 가진 부자와 너무나 가난한 사람과의 빈부격차가 벌어져 이 문제도 대두되고 있다.

나는 젊지도 않고 늙지도 않은 중간만큼 젊은 중년을 알차게 보내고 있었다.

아이들은 국영수 기초 닦기에 바쁘고 나는 옆에서 같이 공부하는데 익숙해져 애들보다 글쓰기에 시간을 많이 투자했다. 작열했던 태양도 식어가서 계절이 바뀌는 모습이 뚜렷이 보인다.

성당 마당에 잘 가꾸어진 국화꽃의 향기가 그윽하다.

고추잠자리가 그 사이에서 맴을 돌며 날아다닌다.

도시에서 이런 정경은 찾아보기가 힘든데 오늘 벤치에 앉아 멋있는 장면을 감상하고 있어서 행복했다.

풍성한 가을 과일 익어 가는 단맛이 코끝을 자극하는데 과수원은 멀리 있건만 가까운 시장에서 향기가 날아온다.

나는 가만히 일어나 성당 마당을 한 바퀴 돌아 시장으로 향한다. 시선을 끄는 것은 주꾸미불고기를 양념한 것을 싸 먹을 수 있는 재료와 과일을 사서 집으로 들어왔다.

시원한 거실에 앉아 블랙커피 한 잔을 음미하면서 마실 수 있는 여유를 즐기고 있었다.

저녁 먹을 시간에 맞추어 준비를 하고 주꾸미불고기를 프라이팬에 지지고 볶는데 아이들과 아빠가 차례대로 귀가를 해 식탁에 앉았다. 오랜만에 맛있는 냄새가 집안에 가득 상추에 싸 먹는 맛이 일품으로 좋았다.

하루에 있었던 이야기를 나누면서 좋은 음식 먹으며 가족과 소통을 했다. 달 밝은 가을밤이 이어지더니 좀처럼 보이지 않던 별이 오늘은 뚜렷하게 보인다.

온도가 덥지도 춥지도 않은 딱 좋은 촉감이 너무나 부드럽다.

달이 밝은데 담 밑에 어여쁜 코스모스 아가씨 노래를 부르는 모습이 하늘하늘거리며 아름답다.

창문을 열어놓은 곳에 바람 한 점이 찾아와 소곤거린다. 달 밝은 조용한 별들을 초대해 놓고 세레나데를 불러본다. 은빛 날개 달은 천사가 내려와 감상하는 모습은 꿈속에 나타나 모든 시름 접어 두고 깊은 잠에 빠졌었다.

성인이 될 때까지 성장기에서 가장 빛나는 시기는 고교 시절이라고 생각한다.

우리 큰아이가 여고생이 되어 지금은 고등학교 1학년 성적부터 대학에 반영이 되기 때문 공부하기에 바빠 있었다. 나는 남편과 아이들 뒷바라지를 하며 나의 글쓰기에 여념이 없이 일상생활을 잘하고 있었다.

그때 그 시절 나는 문학소녀였다.

백일장에 나가면 꼭 상을 타 오곤 했기 때문에 고민을 많이 했었다. 언론출판의 자유가 없어서 그러나 많은 생각을 한 뒤 내가 너무 좋아서 나는 이 길을 선택했었다. 희망의 새싹이 움트는 봄이 우리 곁에 왔다.

앙상한 나뭇가지에도 떡잎이 나오기 시작한다. 여튼 녹색이 가장 빛이 나고 바라보기 좋은 시절이다. 청춘의 빛깔이라고 예찬하는 젊음의 색상이라고 생각한다. 꽃이 먼저 피고 이파리가 나중에 나오는 식물이 있는가 하면 이파리가 먼저 나오고 꽃이 핀 것도 있다.

아무튼 신기하고 예쁜 꽃들의 향기에 날아드는 벌과 나비들의 멋과 개성을 감상하는 나의 마음은 꿈이 많았던 그때를 잠시 생각하고 지나갔었다.

지금은 고등학교까지 의무교육으로 되어 있어 학비를 내지 않고 다니지만 여전히 사교육이 활성화가 되어 학원비가 많이 들어가 가계에 부담이 되고 있다.

어느새 청춘의 봄인가 싶더니 중년에 새로운 봄을 맞이하여 여러 가지 생각이 많아지는 가운데 여름이 되어 간다. 아직 더워지지 않았지만 습도가 낮아 바람이 시원하다.

큰아이가 입시 수능을 치루어야 할 가장 중요한 고3이다. 더운 여름이라고 느끼지 못할 만큼 학업에 집중하고 있기 때문 신경을 많이 쓰고 있었다.

평소에 공부를 많이 한 터이라 먼저 수시에 원서를 써서 성공하기를 바라고 있었다.

짙은 녹색이 채색되어 물이 들기 위해 많은 햇볕을 받아 왔다.

북쪽 산에서부터 단풍이 들기 시작하여 점점 남쪽으로 확대되어 노랑, 빨강 수채화처럼 번져 갔다.

산에 옷으로 갈아입는 것도 잠시 먼저 물들어 갈색으로 변한 이파리와 잎새가 한 잎, 두 잎 떨어진다.

나는 이맘때면 단풍 구경하러 관악산 둘레길을 거닌다. 싸늘한 바람이 불면 낙엽이 우수수 떨어진다.

올해에도 어김없이 낙엽철이 우리 곁에 찾아왔다.

떨어진 낙엽 위를 돌아다니는 다람쥐를 발견하기도 했다.

열매나 도토리 등 먹이를 찾아 이리저리 헤매는 모습이 신기하고 귀여워서 한참을 바라보았다.

그때에 새들이 장단에 맞추어 지저귀는 소리가 가만히 들려와 자연의 신비를 마음껏 호흡하며 즐기기도 했다.

해가 지기 전에 산에서 내려와 가로수길을 걸어간다.

가랑잎이 떨어져 길 위에 뒹구는데 우리는 아랑곳하지 않고 낙엽을 밟는다.

가을을 감상하고 돌아오니 수능 보는 날이 다가왔다.

그 후 우리 아이는 자기가 좋아하는 과에 원서를 넣었고 집에서 가까운 대학에 무사히 합격을 했다.

모든 것이 새롭게 되는 새로운 세상의 시작 전에 어머니의 진통과 같은 고통의 시간이 있기 마련이라고 생각한다. 이 진통의 시간이 지나고 모든 것은 새롭게 되고 새로 태어난다. 고통의 시간을 넘어 새 생명의 탄생에 기뻐하는 것처럼 새로 태어나는 기쁨을 준비하는 시간이다.

세상의 끝을 넘어 새로운 세상이 있는 것처럼 죽음을 넘어 새로운 생명이 있는 것처럼 우리는 새롭게 주어질 생명에 희망을 두고 살아가는 사람들이다.

그 희망은 예수님의 사랑에 바탕을 두고 있다.

예수님의 십자가 죽음이 끝이 아니라 부활하신 것을 믿는 사람들에게는 단지 두려움의 대상이 아니라 새롭게 태어나는 과정이라는 것을 너희들은 인내로써 생명을 얻을 수 있게 되었다.

시대와 배경은 다르지만 그 약속, 희망 안에서 기쁨을 누릴 수 있다는 진리를 묵상해 보았다.

나의 이름을 사랑하는 너희에게는 의로움의 태양이 날개에 치유를 싣고 높이 떠오르리라.

한해가 저물어 가는 연말이다.

우리 아이들의 앞날에 좋은 일로 가득하길 성모상 앞 벤치에 앉아 두 손 모아 기도하며 마지막을 보냈었다.

3

대학

긴 겨울을 이기고 새봄이 왔다. 봄눈이 녹아서 흐르는데 개구리가 잠에서 깨어난다는 절기 중의 하나인 경칩에는 봄을 재촉하는 봄비가 소리 없이 내린다.

나는 거실에 앉아서 하느님 말씀을 잠시 묵상했었다.

예수님께서는 언제 집을 뚫고 들어올지 모르는 도둑을 막기 위해 깨어 있는 집주인처럼 사람의 아들이 언제 올지 모르니 깨어 충실하게 준비하고 있으라 하셨다.

예수 그리스도께서 언제 오실지는 그 누구도 알 수 없었다. 인간적인 계산들로는 맞히지 못할 것이며 징표들도 항상 잘못 해석될 것이다. 그러므로 단지 일반적으로 막연한 깨어 기다림으로 충분하지 못하고 이 시간을 준비하려면 아주 특별한 깨어 있음이 요구된다고 생각한다.

'깨어 있음'이란 무엇보다도 먼저 자신이 윤리적 장애 없이 허물없는 사람 순결한 사람 하느님의 흠 없는 자녀가 되어 이 세상에서 별처럼 빛날 수 있게 되어야 함을 뜻한다.

즉 의로움의 열매로 가득 차 있어야 한다는 것, 곧 하느님의 뜻에 분별 있는 생활을 해 나가는 것을 뜻한다.

특히 예수님의 공동체 안에서 특별한 위치를 차지하고 있기에 우리는 예수님께서 다시 오실 때에도 특별한 책임을 지게 될 것이다. 위에서 누구를 지배하지 하지 말고 선한 양 떼의 모범이 되라고 그러면 으뜸 목자께서 나타나실 때 우리들은 시들지 않는 영광의 화관을 받을 것이다.

이러한 임무를 위해 충실성과 지혜로움이 요구된다. 충실성은 우리들은 단지 분배자일 뿐 주인이 아니기에 주인의 뜻에 맞게 행동해야 한다.

지혜는 주인이 언제든지 예기치 못한 때에 돌아와 맡긴 일에 대해 계산할 것을 항상 염두에 두고 있어야 한다.

깨어 있다는 것은 주님 사랑이 충만한 하느님 나라에서 살아갈 것을 늘 생각하고 이 세상에서부터 주님과 하나 되기에 합당하도록 오로지 예수님 뜻만을 추구하고 선택하면서 분별 있고 충실하게 살아가는 것이라고 다시 생각해 보았다.

어디에서 불어오는 봄바람일까
봄을 가득 담은 신선한 내음새 남쪽에는 그 누가 살길래
해마다 봄 향기에 실려서 불어오는 것일까

올해 봄 우리 애들은 국민대학교에 입학해 수강신청을 하고 새로운 친구를 사귀는 등 바쁜 학교 생활하면서 지냈다.

이제는 아이들 세대에 초점을 맞추어 이야기를 써 나갈 생각이다.

평범한 하루가 저녁이 되어 간다.

집안에 몇 가지 반찬을 만드는 음식 냄새로 가득했다.

때가 되어 돌아와서 식탁에 가족이 하다 보니

밥을 먹으면서 이런저런 이야기꽃을 피운다.

"누나, 대학에 가니까 무엇이 좋아? 나는 대학에 들어가면 제일 먼저 여자 친구를 사귈 거야."

"그러려면 공부 열심히 해. 자연히 때가 되면 사귈 기회가 올 것이니까 수시, 정시같이 준비를 해야 가고 싶은 과에 갈 수 있어. 게임하지 말고 공부에 집중해. 알았어?"

"응, 알았어, 누나."

"엄마, 학비가 너무 비싸. 알바해서 용돈이라도 벌어서 써야겠어요. 그런 애들이 많아요."

"그래. 성인이니까 네가 알아서 해. 엄마는 괜찮다."

"그것보다 취직하기가 힘드니 미리미리 준비하는 것이 더 나을 것 같은데. 아빠 생각이다."

"예, 일단 해 보고 때가 되면 준비할게요."

되도록 저녁에는 같이 가족이 네 명이라 모여서 하루에 있었던 대화를 나누며 사랑을 하자는데 의의를 둔다. 가족애를 돈독히 쌓아 가는 행복한 가정이다.

교정의 나뭇가지 이파리에 싱그러운 냄새와 꽃향기로 가득하다.

활기찬 젊음이 넘쳐흐른 이곳을 빠른 걸음으로 걸어서 강의실로 향한다.

짙은 녹색이 햇빛을 받아 반짝거린다.

오전 강의를 끝내고 점심시간 학교 구내식당으로 가는데 부딪히는 사람이 있어 책을 땅에 떨쳤다.

"미안해요. 책을 주워 드릴게요."

책을 받으면서 눈이 마주쳤다.

"안녕하세요. 나는 무역학과 1학년이에요."

"예, 나는 경영학과여요. 그럼 바빠서."

동아리에서 만난 친구들과 같이 점심을 먹었다.

원두커피 한잔씩 들고 밖으로 나왔다.

잔잔한 음악이 흐르고 감미로운 부드러움이 느낌으로 다가와 캔버스에 생명력이 젊음을 예찬한다.

벤치에 앉아서 커피를 마시며 화창한 봄날을 음미해 본다.

무엇이든 하고 싶은 것을 시작할 수 있는 자유와 낭만이 존재하는 대학 교정을 돌아다니기를 즐겨한다.

따뜻한 햇살이 고운 마음속으로 온기를 전달하는 만남이 있어 다정한 연인이 되고 싶다.

축제 기간이 되었다.

운동장에서 흥겨운 농악이 한바탕 어우러져 신나게 논다. 한쪽에서는 파전과 막걸리를 파는 데가 있고 여러 가지 과일을 꼬지에 끼어서 하나씩 파는 곳도 있었다. 축제라고 특별한 것은 없었고 캔 음료수, 맥주 등으로 간단하게 목을 축일 뿐 학생들은 노는 사람보다 공부에 열중하는 사람들이 더 많았다. 조금 있으면 기말고사다.

한낮에는 무더위가 있는 것 같았으나 시원한 바람이 나뭇가지 이파리 사이에서 불어온다.

교정을 한 바퀴 돌아서 집으로 향한다.

그 후 다정이는 여름방학을 했는데도 계속 학교 도서관에 다녔었다.

도서관 문 앞에서 누구와 눈이 마주쳤는데 말을 건넨다.

"우리 어디서 본 것 같은데 구면이죠?"

"아, 그런 것 같네요. 계단에서."

"기억하네요. 반가워요. 어느 쪽에 앉았어요?"

"이쪽에."

"점심시간이 되어 가는데 라면 먹으러 갈래요?"

"그럴까요."

도서관에서 나와 컵라면을 사서 뜨거운 물을 넣고 한쪽 자리에 앉아 라면이 익어 가기를 기다렸다.

"나는 김연우예요. 경영학과. 이름이 무엇이여요?"

"음, 하다정이라고 해요. 나도 무역학과 1학년."

"우리 친구 할래요? 먼저 온 사람이 도서관 자리 잡아 주고 점심도 같이 먹는 친구. 다른 생각은 하지 말고."

"그래요. 학교 친구 하죠, 부담 없이."

"식었어요. 라면 먹어요."

커피도 마시면서 한참 대화를 했었다.

같이 자리로 돌아와 다정이 옆이 비어서 나란히 앉아 공부를 하다 알바 하러 먼저 일어나 갔었다.

늦게까지 책을 보다 때가 되어 집으로 돌아왔다.

어느새 장마가 끝나고 뜨겁게 달아오른 땡볕 더위가 식을 줄 모르고 이글이글 타올랐다.

여름내 우리는 도서관에서 친구와 붙어 다니며 알바 시간을 빼고는 취업준비에 투자했었다.

계절이 바뀌는 듯 온도가 점점 시원해져 피부에 닿는 촉감이 부드러워서 기분이 상쾌하다.

나무 그늘에 앉아 있는데 매미가 짝을 찾기 위해 소리를 내어 노래를 부르는 것이 동화에 나오는 개미와 베짱이를 연상케 한다.

가을바람이 불어오는 교정에서는 우리의 세상이 펼쳐진다.

들국화 향기 그윽한 곳에 나비가 날아와 앉는다.

언제나 점심때에 교내 방송에서는 부드러운 음악을 틀어 준다.

금세 가을인가 싶더니 나뭇가지 이파리에 물이 들기 시작한다.

자유롭게 학교생활을 몇 개월 하고 나니 겨울로 들어선다.

우리는 매일 만나는 절친이 되어 있었다.

"다정아, 나는 알바 구했어. 너 말이야. 학교 앞 카페 빵도 팔고 간단한 음료를 파는 데는 어떠니?"

"고마워. 신경을 써 주어서."

"하루 종일이 아니고 아침부터 점심이 좀 지나서 몇 시간 하고 끝나면 도서관에서 공부도 할 수 있고."

"그래. 소개해 줘."

"그럼 내일 같이 가 보자."

곧바로 가서 면접을 보고 나오라고 해서 연우 알바하는 곳이 가까워 방학을 해도 날마다 연우와 만나곤 했었다.

겨울이 되어 눈이 쌓이는 날이 보기 드물게 찾아온다.

가장 추운 1월 밤새 눈이 내려 세상이 모두 하얗게 변했다.

오후에 연우와 다정이가 학교 교정에 눈을 밟고 걸어 다녔다. 뽀드득뽀드득 소리가 나서 신이 났었다.

"야, 하얗다. 눈을 뭉쳐 눈사람 만들자."

"하나씩 크게 뭉치자. 눈싸움도 하자."

한참 눈으로 놀다 뭉친 눈을 크기가 다르게 만들어서 붙였다.

교정에서 눈으로 또 하나의 추억을 새겼다.

추운 줄도 모를 만큼 놀다 카페로 돌아와 따끈한 커피 한 잔씩 앞에 하고 앉아서 마주 보고 웃고 있었다.

몇 차례 추위가 찾아와 얼었다 녹았다를 반복했다.

그런데 마냥 춥기만 하더니 이윽고 봄이 온다는 소식이 전해진다.

찬바람은 여전히 쌩쌩 불어오는데 가만히 봄기운이 느껴지기도 했다.

새 학기가 되어 학생들의 발걸음도 분주하게 움직이고 있다.

다시 생명을 불어넣는 봄바람이 살랑살랑 옷깃을 스친다.

가방과 책을 들고 연우와 교정을 누비고 다닌다.

가끔씩 동아리 모임에도 나가지만 여우와 보내는 시간이 더많아 단짝으로 친했다.

점심을 같이 먹으려고 식판을 들고 줄을 섰다.

반찬을 생기고 밥을 푸고 국을 받아 한쪽 자리에 앉는데 연우도 뒤따라와서 앉았다.

"알바 그만두었어. 학교 강의 듣고 취업 준비를 하려면."

“그래. 잘한 것 같애.”

“완연한 봄이 왔어. 꽃샘추위도 있지만.”

“급식처럼 괜찮게 밥이 잘 나와. 많이 먹어. 아메리카노도 내가 이번에는 살게.”

“오후 강의가 없으면 도서관에서 책 보다가 서점에 같이 가겠니? 다 먹었어. 남기지 않았다.”

“그래, 좋아. 식판을 갖다놓자. 오후에는 같이 움직이자.”

커피 한 잔씩 들고 밖으로 나와 나무 밑 벤치에 앉아서 뜨거운 커피가 알맞게 식자 한 모금씩 마신다.

가벼워진 옷차림인지라 바람이 서늘해서 햇볕이 있는 따뜻한 곳으로 자리를 옮겨 봄기운을 호흡하고 있다.

우리는 일어나서 종로로 향했다.

서점에 들어가서 새로 나온 신간을 훑어보았다.

“이것을 사고 싶어. 너는 무엇을 선택했니.”

“나는 이 책이야. 제목을 보고 고르면 내용도 좋아.”

각자 카운터에 가서 지불하고 밖으로 나왔다.

아직 시간적인 여유가 있어 마음의 양식인 책을 보면서 학교 공부를 집중할 수가 있었다.

몇 시간을 돌아다니다 헤어지고 집으로 귀가했다.

화창한 날씨 꽃바람이 꽃향기를 싣고 날아온다.

봄꽃들이 차례로 피어나 감상하는 느낌이 각각 새롭다.

개나리가 먼저 피고 벚꽃, 목련꽃, 진달래, 철쭉꽃이 때를 알고 피었다. 지는 모습은 마침 우리의 젊음을 인생에서 가장 빛나는 시기 꿈과 희망이 꽃피는 시대라고 생각한다. 세상이 가장 아름답게만 보이는 때이다.

공원 벤치에 앉아서 아름다운 봄을 한가롭게 바라보고 있다.

꽃이 피었다 진 자리에 녹색 이파리가 돋아나왔다.

고운 햇살을 받고 이슬을 머금은 그 자태는 찬란한 빛이 반짝이며 오색 무지개가 선다.

"사월이 꽃이 제일 많이 피는 것 같아. 일 년 중에."

"그래서 꽃피는 사월이라는 노랫말도 있잖아."

"응, 녹색도 가장 빛이 날 때이고 온도도 활동하기에 좋을 때고."

"연못에 물이 맑다. 밑이 다 보여."

"저기 봐. 물고기, 비단 잉어, 거북이도 있다."

"머리가 식혀지니까 정신이 개운해. 힐링되는 기분이야."

"그래. 그런 것 같다, 연우야."

"비둘기가 개체수가 많아 먹이를 주지 말자고 했는데 떼로 몰려다니는 구나. 느낌이 친근해."

시원한 바람 한 점이 불어와 문득 연못 안에 있는 분수대로 향했는데 아직 물줄기는 품어 내지 않고 음악이 흐른다.

공원 후문에서 솜사탕을 사가지고 들고서는 장난을 치며 한입씩 먹기 도 한다.

달콤한 솜사탕이 입안에서 사르르 녹는 맛이 일품이다.

하루 중 반나절을 이곳에서 즐거운 한때를 보냈다.

운동장을 돌아서 집으로 향한다.

해질 무렵 연우는 집까지 바래다주고 자기는 버스를 타고 간다면서 오늘은 그런대로 재미있었다고 말한다.

비가 내린 뒤 초록이 짙어 울창하게 우거지는 약간은 더운 듯 초여름 날씨가 전개된다.

햇볕은 따갑지만 습기가 없어 바람이 불면 시원하다.

일학기 강의가 끝나고 여름방학에 들어간다.

우리는 교정에서 만나 계획을 세운다.

"이번에도 알바를 해서 용돈 벌어 쓰자, 다정아."

"그래. 취업 준비하면서 몇 시간씩만 하자."

"시험도 끝났으니까 머리도 식힐 겸 영화 보고 스트레스를 풀자. 맛있는 서민 음식도 먹고."

"조금 즐겨도 되겠지."

"가자. 버스 타고 가서 영화 보자."

백화점 안으로 걸어서 10층에 있는 영화관이 있어 엘리베이터를 타고 올라갔다.

한쪽에서는 계산하고 줄을 서서 팝콘과 아메리카노를 받아들고 핸드폰에 찍혀 있는 영화관 안의 좌석을 찾아 자리에 앉았다. 문을 연지 얼마 되지 않는 곳이었다.

2시간 넘게 영화를 상영했다.

팝콘과 커피를 먹으면서 좋은 시간을 함께한 뒤부터는 우리는 가까운 사이 절친으로 느낌이 자연스러웠다.

영화를 감상하고 나와서 떡볶이, 순대, 오뎅을 먹기 위해 분식집으로 향했다.

오늘은 이렇게 추억을 새기는 기분 좋은 날이 되었다.

장마가 끝난 뒤 푹푹 찌는 폭염이 쏟아진다.

여름에는 이런 날씨가 계속 이어져야 꽃이 진 뒤 열매를 맺어 알곡으로 익어 가는 과정이라고 생각한다.

가끔 내리는 소나기는 더위를 식혀 주는 고마운 비가 된다.

삼복더위가 지나고 입추에는 가을이 온다고 소식이 전해지더니 아침저녁으로 견딜 수 없는 시원한 바람이 불어온다.

그리고 2년이 훌쩍 지나가고 4학년 졸업반이 되었다.

우리는 여전히 붙어 다니기를 좋아하는 친구였다.

기승을 부리던 더위는 한풀 꺾이는 듯 아침저녁으로 시원한 바람이 불어와 지친 몸과 마음을 시원하게 만든다.

강렬한 햇볕은 단맛이 열매 속으로 스며들어가 풍성한 가을을 예고한다. 여름날의 해시계위에 많은 바람을 들에 다 놓아 곡식들이 익어 가는 아름다운 날들이 이어진다.

울창하게 우거진 나무들의 짙은 녹색 이파리는 지치기 시작한다.

여름내 햇빛을 받아 퇴색이 되기 전 뿌리에서 영양분을 공급 받아 긴 호흡을 연달아 뿜어낸다.

하늘은 높고 맑아서 나는 새들의 자유와 개성을 발견하는데 이제 초록이 지쳐 단풍이 들어간다.

이파리가 한 잎, 두 잎 물이 들기 시작하는 전형적인 가을 날씨이다.

노랑, 빨강 단풍이 절정이 되면 아름다움도 잠시 갈색으로 낙엽이 되어 떨어진다.

가을이 깊어 갈 무렵 우리는 산으로 단풍 구경 가자고 했다.

모든 것 잠시 뒤로 하고 산에 올랐다.

"우리가 대학 4학년인데 이런 날은 오지 않겠지."

"벌써 그렇게 됐다. 아쉽다."

"취직을 못 하면 인생의 아무런 의미가 없어. 죽기 살기로 준비를 해서 기회가 오면 잡아야지."

"머리 아픈 일은 잊어버리고 오늘은 기분이 유쾌하니 즐기자."

정상에 올라 소리를 질러 답답한 마음이 시원해졌다.

"야호~ 야호~"

가방에서 믹스커피와 마오병을 꺼냈다.

종이컵에 커피를 붓고 뜨거운 물을 따라서 저었다.

커피 향기가 퍼져 시장기가 들었는데 한 모금씩 마시는 장면은 세상 모든 것을 가진 것 같은 만족감이 들었다.

갈색 이파리는 낙엽이 되어 바람이 불면 우수수 떨어진다.

길가에 가로수 나뭇잎도 땅에 떨어져 이리저리 뒹군다.

지나가는 사람들은 낙엽을 밟고 걸어 다닌다.

바스락바스락 소리가 난다.

낙엽 지는 가을에 성당 마당에 음악회가 열린다고 티켓을 두 장 사서 성당에 같이 다니자고 전도한다.

우리는 일찍 성당에 나와서 커피숍에 앉아 있었다. 마당에는 나뭇가지에서 낙엽이 한 잎, 두 잎 떨어지고 커피가 나와 앞에 하고서 분위기가 무르익자 연우가 뜨거운 커피를 한 모금 마시고 말을 한다.

"우리가 학교 친구로 사귄 지 벌써 4년이 되었다."

"연우야, 네가 있어서 재미있었다. 눈 깜박할 사이에 시간이 훌쩍 지났어. 그렇게 됐다."

"그런데 다정아, 나 곧 군대에 갈 것 같아. 나 군대 갔다 올 동안 기다려 줄 수 있니."

"그럼. 갔다 와. 지금은 2년이면 되지 않니? 먼저 직업을 구해 온전한 사회인이 되어 있을 테니까."

"야, 멋있다. 내 친구 하다정. 나는 여자 친구를 잘 사귄 것 같아."

"우리는 모르는 사람으로 돌아갈 수 없어. 교정에서 얼마나 많은 추억을 같이했는데. 이제는 성당에서 이어 갈 거야."

"그래. 우리는 헤어질 수 없어."

손을 꼭 잡고 같이 기도하는 마음으로 진정한 대화를 나누었다. 알맞게 식은 커피를 마시며 서로 마주 보고 유쾌하게 웃었다.

시간이 되어 자리에 앉아 신부님 말씀과 기도를 하고 가을 음악회가 시작됐다.

감미로운 선율에 맞추어 발라드 노래가 밤하늘을 향해 울려 퍼졌다.

너무나 기분 좋은 밤 감동의 물결이 넘쳐흘렀다.

음악회가 성공적으로 끝나고 연우가 집으로 돌아가는 것을 보고 나도 집으로 들어와 진한 느낌을 잊을 수 없는 밤 곤하게 잠을 잤다. 꿈속에서도 연우와 재미있게 노는 장면이 나왔다.

아주 가까운 친구로 나의 마음속에 남아 있을 것이다.

마지막 강의가 끝나고 이제는 졸업만 하면 대학 생활은 끝이 난다. 끝이 아니라 새로운 시작이다.

그 후 연우가 군대 가는 것을 배웅하고 나는 집으로 돌아왔다.

마음이 허전하다는 느낌이 들지 않게 열심히 젖 먹던 힘까지 쏟아 온 정성을 다해 취업 준비에 임했다.

추운 겨울이지만 연우만을 생각하고 다시 만나 좋은 소식을 전해 주면 얼마나 보람이 있을까 하고 죽기 살기로 노력에 노력을 거듭하면서 보냈다.

4

일자리

오늘날 돈이 또 다른 우상이 되고 자신만을 생각하는 이기적인 태도가 세상에 만연할 때 하느님은 우리에게 어떤 삶은 살아야 하는지를 참된 행복이 어디에 있는지를 알려 준다. 또한 인간을 향한 조건 없는 사랑을 일깨워 줌으로써 우리가 얼마나 소중한 존재인지를 드러내 보여 준다.

하느님 말씀인 성경을 읽을 때는 단순하게 책을 읽듯이 읽는 것이 아니라 나에게 다가오시오, 당신을 드러내 보이시는 인격적인 하느님과 만남이라는 것 염두에 두고 생각해야 한다.

사람들의 눈길은 자꾸만 이 세상에 머무는데 우리 삶의 도달점인 내세 영원한 참 삶이 열릴 하느님 나라에 관심을 두도록 하신다.

예수 그리스도의 수난과 죽음과 영광으로 되살아난 의로운 사람들은 더 이상 이 세상에 속하지 않는다.

이 세상은 불의, 고통, 스러져 없어짐, 부패, 죄의 세상이지만 미래의 새 세상 하느님 나라는 영원한 나라로서 부패하지 않는 정의롭고 믿음 가득한 진리의 세상이다.

하느님께서 은총으로 선택한 사람들은 부활하여 이 나라에서 영원히 살 것이라고 생각한다.

하느님께서 마음에 드셔서 순전히 은총으로 선택한 의로운 이들뿐 아니라 불의한 자들도 회개하고 반성하면 모두가 부활하여 영원히 살 것이라고 말씀하신다.

예수 그리스도를 믿는 사람들이 종국에 얻게 될 이러한 영광스러운 삶의 모습은 담아 둘 때 그리고 인내와 기도와 상호 간의 격려를 통해 얻어지는 굳센 모습이 우리들의 공동체 생활과 합쳐서 머리에 떠오르며 오늘날 우리가 어떻게 살아가야 할지를 제시해 준다.

한 해의 마지막이 있듯이 우리의 삶에도 마지막이 있음을 묵상하게 되고 가족, 친지, 은인, 친구들의 안식을 위해 두 손 모아 기도하게 되는 마음가짐이다.

긴 겨울은 사회로 나가기 위한 준비 기간이었다.

몇 번을 얼었다 녹기를 반복하면서 겨울은 말대로 춥기를 거듭했다.

생물들은 땅속에서 겨울잠을 자고 봄이 오기를 기다렸다.

춥기만 하던 겨울 날씨에도 봄이 온다는 소식이 전해진다. 그러면서도 함박눈 내려 쌓였다.

온 세상이 하얗게 변해 세속에 찌든 때를 승화시켜 준다.

봄눈이 빠르게 녹아 흐른다.

시장에서 비닐하우스에서 재배된 채소를 사와 여러 가지 입맛 돋우는 음식과 구수한 애호박 된장찌개를 끓인 냄새가 집안 가득히 퍼져 사람 사는 훈훈한 온기가 흐른다.

식탁에서 도란도란 이야기꽃이 피어난다.

"아빠 시대 때는 중소기업에라도 약 십 년 다니면 집을 한 채 살 수 있었는데 요즈음에는 사무직은 인터넷 발달로 줄어들어 한계가 있고 경노동을 필요로 하는 직업이 있는데 젊은 사람들은 하지 않으려고 해."

"그래요. 지금 현 상황이여요. 의식의 변화가 필요해요."

"먹고 살기가 이렇게 힘든데 젊은 사람에게 맞는 일자리를 만들어서 정착을 시켜야 인구가 줄어들지 않겠지."

"여보, 빈부의 격차가 너무 벌어져 돈이 많은 사람들에게서 세금을 많이 거두어 사회 복지 정책을 해야지."

"엄마, 고등학교까지 의무 교육이야 학비는 내지 않잖아. 점점 사회가 좋아지겠지."

저녁을 먹은 후 자기가 하고 싶은 것을 하면서 한가롭게 자유를 즐기고 있었다.

하루 일과가 끝나고 조용한 밤이 찾아와 잠자리에 든다. 밖은 간혹 바람소리만 들리고 차 소리는 저 멀리서 가만히 들릴 뿐 누워서 감사 기도 하다가 스르르 잠이 든다.

간밤에 무슨 꿈을 꾼지도 모를 만큼 깊이 휴식을 취했다.

봄을 재촉하는 비가 내린 뒤 기온이 오르자 화단의 나뭇가지에는 몰이 오르기 시작한다.

사람들은 활동하기 편한 가벼운 옷차림으로 바꾸어 입었다.

어디에서부턴가 봄바람이 살랑살랑 불어온다.

아직은 봄바람이 춥지는 않지만 싸늘한 느낌이 피부에 닿는다. 여기저기 취직을 하기 위해서 이력서와 자기 소개서를 내보았다.

꽃 피울 때를 시새워 찾아오는 꽃샘추위는 매서웠다.

나뭇가지에서 새싹이 움트기 시작했다.

여러 곳에서 면접 보라고 전화가 왔지만 되지 않았으나 여행사에서 삼개 국어가 가능하다고 한 이력서를 보았는지 연락이 왔다.

"여보세요."

"하다정 씨 핸드폰이죠."

"예, 제가 하다정인데요."

"여기 여행사예요. 이력서를 보았는데 내일 면접 보러 나오겠어요?"

"예, 점심시간까지 가면 되나요?"

"예, 그래요. 내일 봐요."

다음 날 세련된 이미지에 맞추어 사무실을 방문하였다.

마음이 떨리지는 않았지만 많이 긴장이 되었다.

"안녕하십니까."

"안녕하세요. 나는 팀장 박준호라고 해요."

"서류 여기 있습니다."

자세하게 서류를 보고 말을 이어 나갔다.

"무역학과 나왔군요. 영어는 기본이고 일어, 중국어도 급수를 땄군요. 직원 한 분이 육아휴직으로 나오지 않아요. 몇 명을 면접을 보았는데 제일 낫군요. 나는 말을 돌려서 못 해요. 월요일부터 출근하세요."

"예, 감사합니다. 출근하겠습니다."

그동안 차곡차곡 준비를 해서 기회가 찾아와 취직에 성공했다.

대기업 공무원은 아니지만 그런대로 멋있는 일자리를 잡았다.

안도의 한숨을 고르게 쉴 수 있을 때 봄 햇살은 반짝거렸다.

지금 기분이 좋아서 날아갈 것처럼 세상은 내 편이 되어 주었다.

일자리가 없다고 하지만 눈을 조금 낮추면 고생하지 않고도 그럴듯한 자리가 많이 있다.

나뭇가지 새싹은 자라서 연두색 물결이 일렁거린다.

세상은 꽃피는 봄으로 장식을 하고 우리의 젊음을 예찬하고 있었다.

아침에 일어나 상큼하고 멋있게 차려입고 영등포역 사무실로 자연스럽게 출근한다.

"굿모닝. 안녕하세요."

"좋은 아침. 믹스커피 한 잔씩 마시고 할 일 합시다."

종이컵에 커피를 붓고 뜨거운 물을 따라서 스푼으로 젓는다.

커피 향기가 사무실에 가득히 피어나고 한 모금씩 천천히 마신다.

직원은 열 명 정도이지만 실력은 최고인 사람들만 모인 곳이다.

지금은 일을 익히는 기간이다.

되도록 빨리 습득하여 누구의 도움 없이도 잘할 수 있는 이 분야에서 프로가 되는 것이다.

자리를 잡는다고 정신없이 보내다가 이제 여유가 생기니까 군대 간 남자친구가 생각이 난다.

첫 월급을 타서 가족 선물을 사는 기분은 날아갈 듯 좋았다.

집에 돌아와 선물을 건네주는데 한마디씩 한다.

“우리 딸이 아빠 선물이라고 와이셔츠와 넥타이를 샀어. 대견하다. 고맙다.”

“아빠 넥타이 색깔이 멋있다. 엄마 스카프도 세련된 색상이야. 다 자랐구나. 감동적이다.”

“누나, 내 옷도 샀어. 돈 많이 쓴 것 같다.”

“아니야. 그래도 이 정도는 해야지. 엄마, 아빠 잘 키워 줘서 감사해요. 앞으로 더 잘할게요.”

가정이 화목해져 편안하고 웃음꽃이 피어났다.

도심 속의 나무가 많은 쉼터에 오고 가는 사람들의 눈을 아름답게 만드는 녹색은 짙게 우거져 간다.

이제는 심적으로 여유가 생겨서 자유를 즐길 수가 있었다.

가끔씩 연우와 통화도 하고 편지도 하면서 지낸다.

따뜻하고 포근한 날씨인데 한낮에는 덥게 느껴지는 오월. 계절의 여왕이라 부르는 이유를 알 것 같다.

하늘에서 쏟아지는 햇볕은 대지 위에 생물들이 자라기 위한 적당한 환경을 제공하고 있었다.

아파트 담장에 넝쿨장미가 붉은 빛깔을 띠우고 방긋이 웃고서 인사를 하는 모습이 정겹게 보였다.

계단 앞 화단에 함박꽃이 활짝 피어서 오고 가는 사람들의 시선을 끌었다. 상큼한 오이 향기가 퍼져서 더욱 신선했다.

봄비가 내리더니 기온이 올라 습기가 없는 초여름의 시원한 바람, 피부를 스치는 촉감이 감미롭게 다가왔다.

하늘을 나는 가장 작은 참새는 어떻게 살아가나.

돌보는 자 없어도 잘 살아간다. 하물면 만물의 영장 사람은 하느님께서 살아갈 수 있도록 도와주신다는 생각이 든다.

사람은 하느님께서 자기 모습으로 창조하신 것이다. 꽃들은 피었다가 암술 수술이 만나 열매를 맺는다. 조그맣게 맺은 열매는 햇볕과 바람, 물을 흡수하여 알곡이 되어 영글어 간다.

푹푹 찌는 듯한 더위를 견뎌 내고 풍성한 결실의 계절을 예고한다. 들에다 많은 바람을 놓고 여름날의 해시계 위에 더운 남쪽나라 햇볕은 받아 알차게 익어간다.

구월이 오는 소리를 가만히 귀를 기울이고 듣는다.

귀뚜라미가 창가에 찾아와 구슬프게 노래를 하는 것을 보고 가을이 왔다는 느낌을 지울 수가 없었다.

창가에 바람 한 점이 불어와 속삭인다. 더위가 물러갔다고 활동하기에 좋은 계절 풍성한 가을 자유를 만끽하라는 신호를 보내 왔다. 여행하기에 좋은 날이 이어진다.

향기가 그윽한 들국화가 피어나는 들과 그 옆에 이어진 산들은 단풍이 한 잎, 두 잎 물이 들기 시작했다.

초록이 빨강, 노랑색으로 변할 때 연우가 군복무하고 있는 강원도 전방에 있는 부대로 면회를 갔었다.

면회 신청하자 시간에 맞추어 군복을 입은 늠름한 청년 김연우가 나타나 거수경례를 한다.

"야, 멋있다. 김연우, 이렇게 남자답게 될 줄 몰랐다."

"군대에 와서 너를 제일 많이 생각했다. 취직했다고?"

"응, 아시아, 유럽을 여행하는 사람들을 현지와 연결시켜 편리하게 여행할 수 있게 만든 여행사야."

"그래. 잘됐다. 네가 면회 올 것이라고 생각했는데 정말 왔어. 기분이 최고다, 하다정."

우리는 가까이에 있는 펜션을 예약을 했기 때문 시장을 봐서 그곳으로 갔다. 하루 외박해도 된다는 허락을 받아서 자유롭게 즐길 수가 있었다.

삼겹살 굽는 소리가 지글지글, 냄새가 가득히 퍼져나갔다.

상추에 고기와 마늘, 쌈장 넣고 싸서 연우 입에 넣어 주었다.

마주 보고 앉아서 마냥 즐거웠다.

그동안 훈련 받은 이야기, 직장을 잡은 이야기며 친구들의 안부를 들으며 시간 가는 줄 몰랐다.

하룻밤을 같이 보내고 시간이 되어 부대로 복귀하고는 곧바로 서울을 향해 돌아왔다.

도심 속에도 단풍이 들어 햇볕을 많이 받고 낙엽이 되어 우수수 떨어지는 낙엽철이 우리 곁에 찾아왔다.

그리고 한해가 저물어 간다.

거센 눈보라가 불어와도 두 손 꼭 잡고 헤쳐 나가는 다정한 연인이 되고 싶어라. 이 겨울에 소망을 갖고 싶었다.

어느새 겨울이라 했는데 계절이 세 번 바뀌어 가을로 들어섰다.

예년처럼 세상은 울긋불긋 아름다운 색상을 뽐내며 물이 들어 산행하기에 딱 좋은 날씨로 마음이 설렜다.

곱게 변한 나뭇잎은 하나둘 순서대로 낙엽이 되어 떨어진다.

성당 마당에도 낙엽이 우수수 떨어져 쌓인다.

낙엽을 밟으며 이리저리 걸어 다니면 바스락바스락 소리가 나서 시몬 낙엽 밟은 소리가 들리는가. 시어를 읊기도 한다.

길가에 가로수 이파리도 땅에 떨어져 오고 가는 사람들이 밟으며 지나간다.

주말에는 바바리 옷으로 바꾸어 입고 끈이 긴 가방을 한쪽 어깨에 메고 한 손을 주머니에 넣고서 외출을 한다.

김연우가 곧 제대를 한다는 편지를 받았다.

연우에게서 전화가 와서 반갑게 핸드폰을 귀에 대고 말했다.

"김연우 제대했니? 어디야."

"지금 막 도착해서 제일 먼저 전화한 거야. 어디니? 내가 곧 너를 만나러 달려갈게."

"여기 우리들이 자주 왔던 그곳이야. 종로구로 전철 타고 와."

우리는 분위기 좋은 카페에서 다시 만나 회포를 풀었다.

고급 레스토랑에서 맛있는 음식과 포도주가 나와 만족한 저녁을 먹으며 그동안 있었던 여러 가지 이야기를 나누었다.

너무 늦지 않는 시간에 집 앞까지 데려다주고 자기는 진한 여운으로 들어가라고 손을 흔들며 집으로 돌아갔다.

집에 들어와 화장을 지우고 세안을 한 뒤 스킨로션을 기본적으로 바른 뒤 잠을 청했었다.

꿈속에서 왕자님을 만나 음악에 맞추어 춤을 추고 있었다.

마지막으로 남아 있는 낙엽이 다 떨어지고 찬바람이 윙윙 소리를 내며 멀리 살아진다.

올해의 겨울은 추워도 추운 줄 모를 만큼 마음이 훈훈하게 해 주는 따뜻하고 포근한 사랑이라고 느껴졌다.

즐거운 크리스마스이브도 성당 밤 미사에 참석해 기분 좋은 밤을 같이 보내기도 했다.

우리는 12월 31일 마지막 밤 1월 1일 해가 뜨는 해돋이를 보려고 예약을 해서 무궁화호 막차를 청량리역에서 탔었다.

커피 등 먹을 것을 좀 사들고 밤기차 좌석에 앉았다.

일기 예보를 미리 보니 해 뜨는 장면을 볼 수 있을 것 같았다.

정동진역을 향해 어두운 밤을 뚫고 철길을 달린다.

잠이 오려고 하면 아메리카노를 한 모금씩 마시며 가끔씩 이야기도 하고 우리는 좋은 시간을 같이하였다.

여행을 하는 서울 사람들이 많았다.

드디어 밤새 약 다섯 시간을 달려 캄캄한 새벽 정동진역에 도착했다. 밖은 너무나 추웠다. 단단하게 옷을 입었지만 아직 해 뜨는 시간이 남아서 24시간 운영하는 썬 카페를 찾아가 따끈한 커피 한 잔과 온방 장치가 잘 되어서 얼어붙은 몸을 녹일 수가 있었다.

대부분 해돋이를 관람하려고 온 사람들이라 시간이 되자 일제히 정동진 해변가로 나갔다.

시간이 되자 사방이 캄캄한 어둠 속에서 해가 점점 떠올라 밝아지는 장면은 정말 장관이었다.

우리는 올해 좋은 일로 가득하길 두 손 모아 기도를 했다.

정동진 해변가는 추웠지만 뜻깊은 신정을 맞이해서 희망찬 내일을 웅장하고 장엄한 모습을 보면서 경건한 마음으로 최선의 노력을 해서 취업에 성공하겠다는 다짐이었다. 그렇게 정초에는 사회로 나가기 위해서 준비를 했다.

한파가 몰려와 여러 번 얼었다 녹기를 반복하더니 남쪽에서는 매서운 추위를 이기고 제일 먼저 핀 매화가 꽃망울을 맺었다는 봄소식이 전파를 타고 전해진다.

시장에서는 봄에 나온 식물들이 재배되어 터져 나온다.

겨울을 나면서 입맛이 없고 기운이 빠질 때면 봄나물들이 식탁에 올라 다시 힘을 얻어 일상이 이어지곤 하는데 아직 젊음이 한창일 때는 무엇이든지 가리지 않고 잘 먹는다.

유난히 새롭게 느껴지는 새봄은 우리의 가슴속에 꿈과 희망으로 다가와 찬란하게 꽃피울 때를 기다리고 그 행운을 잡을 수 있는 준비를 하고 있었다.

김연우는 직업을 잡기 위해 필사적으로 노력을 거듭하고 있다.

내가 할 수 있는 건 옆에서 정보를 얻어다 주고 힘내라고 응원하는 것뿐이고 직접적으로 부딪히고 자기의 의지와 능력으로 취업의 높은 경쟁에서 이겨야 살아남을 수 있는 것이었다. 그런데 연우는 여러 군데 이력서, 자기소개서 등 인터넷으로 내보았는데 되지는 않았으나 중소기업 삼성전자 협력업체에 필기시험을 보아 합격했었다.

이제 면접을 보기 위해 집중을 해서 연습을 하고 있었다.

나는 우리의 미래를 위해서 조용히 기도하고 기다렸다.

언제나 근무에 충실히 하고 맡은 일은 무엇이든지 다 해내는 능력 있는 여성으로 인정받고 있다.

오늘도 일에 열심히 하고 점심때가 되었는데 핸드폰 전화가 울려서 받아 보니 연우였다.

"다정아, 놀라지 마. 나 합격했다."

"정말? 연우야, 축하한다. 잘했다. 나는 네가 해낼 줄 알았어. 오늘이 무슨 날인지 기분 좋은 소식이다."

"한시름 놓았다. 나는 너에게 떳떳하게 멋진 남자로 다가갈 수 있게 돼서 너무 좋아. 날아갈 것 같다."

우리는 퇴근을 한 뒤 기분이 매우 좋아 만나서 호프집에 들어가 치킨에다 생맥주 한 잔씩 마셨다.

모두가 대기업에 들어가기 원한다. 때가 지나면 기회가 사라지기 때문이다. 그러다 눈을 한 단계 낮추어 문을 두드리니 길이 보였고, 연우는 무사히 일자리 잡는 데 성공하였다.

봄은 한가운데 와서 세상 모두가 축하해 주는 듯한 느낌으로 충만해졌다.

시원한 바람 한 점이 창가에 찾아와 아침잠을 깨운다.

김연우는 5월 첫 주 월요일부터 출근하여 회사원이 되었다.

모두 대학을 나와 직업을 구하지 못하는 사람들이 많이 있는데 우리와 같이 실용적인 생각을 하는 사람이 많이 나오기를 그래서 생활이 윤택해지기를 바랐다.

짙은 녹색으로 변한 봄은 해맑게 웃고 있었다.

이슬이 이파리 끝에 맺혀서 아침 햇살에 반사되어 반짝반짝 찬란한 무늬로 다가와 조화와 균형을 이루는 모습이 아름다웠다.

보훈의 달, 상아의 계절이 초여름의 상큼한 향기로 선열들의 숭고한 희생을 생각하게 만드는 겸손한 마음을 표현한 듯 옷매무새를 단정하게 한다.

습도가 없는 땡볕이 쏟아지는데 해가 지면 온도가 떨어져 기분이 상쾌하게 알맞은 온도가 피부에 닿는다.

점점 더워지는 날씨가 장마철이 가까워진다.

한 달 넘게 장마전선이 오락가락 많은 비를 뿌렸다.

그런 뒤 사회생활하면서 처음으로 연우와 휴가가 같았다.

별이 쏟아지는 해변을 거니는 추억을 새겼다.

푹푹 찌는 더위도 해가 지면 바닷가에서 시원한 바람이 불어와 그렇게 덥다고 느끼지 못했다.

지금은 휴가를 재미있게 보내고 돌아와 다시 일터에 나가서 열심히 맡은 일에 충실하게 인정받고 있었다.

대기 불안정으로 가끔씩 내리는 소나기는 더위를 식혀 주었다.

삼복더위가 지나고 가을이 온다고 가만히 알려 주는 입추가 지나고는 아침저녁으로 시원한 바람이 불어왔다.

기승을 부리던 폭염도 가시고 그렇지만 열매가 익어 가기 위한 남쪽나라 햇볕이 마구 쏟아졌다.

들에는 시원한 바람이 불어 땀을 식혀 주는 듯 개운한 기분이 들어 이제는 계절이 바뀌기 위한 준비를 하고 있었다.

짙은 녹색 이파리는 채색이 되어 더 짙은 색깔로 빛을 발하고 나뭇가지는 바람이 일어 마구 출렁거렸다.

　가을이라 가을바람 솔솔 불어오는 푸른 잎은 물이 들기 전 자유와 개성을 뽐내며 나름대로 즐기고 있는 모습이 보였지만 아직 한낮에는 무더운 느낌을 지을 수가 없었다.

5

선남선녀

가을 하늘은 너무 파랗고 높다. 언제나 바라보는 하늘은 이맘때면 더욱 그렇다. 기도는 하느님과 나누는 대화이다.

우리는 기도 안에서 나에게 건네시는 하느님의 말씀을 듣고 또 내가 하느님께 드리고 싶은 온갖 말씀을 드림으로써 하느님께 은혜를 청하기도 한다.

기도에는 소리 내어 말로 드리는 소리기도 성경이나 영성을 통해 자신을 비추어 성찰하는 묵상기도 또 마음을 비우고 자신을 비추어 성찰하는 묵상기도 또 마음을 비우고 자신을 온전히 주님께 바치는 관상 기도가 있는데 자기에 맞는 하고 싶은 기도를 하든 상관없다.

어떠한 기도는 영원한 샘물가에서 하느님과 내가 만나는 것이요 하느님과 내가 마주 앉아 서로에게 호소하는 것이기 때문이다. 하느님께서는 나의 기도로 목을 축이시고 나는 그분이 주시는 영원한 말씀의 생수로 생명을 이어 간다.

그래서 우리는 기도를 통하여 하느님에 대한 찬미와 감사 전구와 청원을 드리는 것이다. 청원기도는 하느님을 신뢰하며 혼자서는 아무것도 할 수 없음을 아는 마음의 표현이다.

사실 우리는 자신이 강하다고 여기면서도 어찌할 수 없는 한계를 느낀다. 그런 상황에서 하느님께 도움을 청하는 것은 자연스러울 뿐 아니라 마땅한 일이다.

따라서 자신의 부족함을 인정하고 하느님을 향해 다시 돌아서는 자세가 내포되어 있다.

이전까지는 하느님과 등지고 지냈을지 몰라도 우리가 청원기도를 드리는 순간 우리는 하느님께로 향하게 된다.

따라서 우리 마음을 진정시키고 우리가 희망을 간직할 수 있게 한다.

우리는 때때로 우리가 청하는 바가 이루어지지 않는다고 불평하기도 한다. 하지만 하느님의 뜻은 언제나 이루어지고 우리가 청하는 바를 뛰어 넘어 우리에게 가장 필요한 것을 주실 것이라고 생각한다.

우리는 언제 어디에서나 기도를 할 수 있다.

일상의 작은 일에서부터 인생의 중요한 결정을 내려야 하는 순간까지 그리스도인은 모든 것을 기도 속에서 풀어나간다.

이제는 완전히 완연한 가을을 연출하는 날씨가 전개된다.

가을 햇살은 봄볕보다 더 강렬하게 내리비춘다.

들녘에는 추수하기에 바빠 있었다.

길가에 코스모스가 하늘하늘 가는 허리가 바람에 날려 일렁거리는 그 옆에 가을꽃이 피어 있어 발견하였다.

그윽한 향기가 들판에 가득 펴져서 가을 냄새가 사람들을 맞이하는 듯 평화로운 황금물결을 감상해 보았다.

채색이 된 나뭇가지의 이파리들은 햇볕을 많이 받은 순서대로 곱게 물이 들기 시작한다.

우리들은 안정된 생활 속에서 자유로운 시간을 마음껏 즐겼다.

주말이 되어 우리는 관악산에 오르기로 했다.

쫙 찢어진 청바지에 등산복 차림으로 간단하게 마오병의 물과 믹스커피만 준비해서 사람들이 많이 다니는 길을 선택해 정상까지 오르고 있었다.

"아, 시원하다. 땀이 많이 나왔는데 기분이 최고다."

"정상에서 바라보니 서울이 한눈에 보여 탁 트인다."

"우리 이제 정식으로 사귀자. 친구에서 연인으로 준비가 되면 결혼하자. 몇 년 걸리겠지. 오늘이 1일이다."

"오케이. 이제 떨어져 지낼 날은 없겠다. 그렇게 하자."

컵에다 믹스커피를 넣고 뜨거운 물을 붓자 커피 향기가 퍼져나갔다.

달달한 커피 한 모금을 마시니 세상이 모두 나의 것인 양 이 행복한 순간을 놓치지 않고 자연스럽게 애인으로 발전했다.

우리는 오랫동안 그곳에서 휴식을 취하고 손을 꼭 잡고 내려오니 마음이 따뜻해지고 더 가까운 소중한 친구임을 알 것 같았다.

낙엽은 우수수 떨어져 바람에 날린다.

떨어진 낙엽이 쌓여 오고 가는 사람들이 밟고 지나간다.

우리는 시간이 날 때면 둘이서 항상 손을 잡고 다닌다.

찬바람이 몇 차례씩 불어와 나뭇가지에서 낙엽은 매달리다가 결국을 땅에 떨어져 길가에 이리저리 뒹군다.

가을비가 내린 뒤 마지막 잎새마저 떨어진 그 자리에는 찬바람이 윙윙 소리를 내며 멀리 사라진다.

추운 겨울을 나기 위해서 가로수 나무에 짚으로 겨울옷을 입힌다.

벌써 한 해가 다해 가는 연말이다.

우리는 사회에 나가 직장을 잡아서 평생 직업이라고 생각을 안 하고 지금 이 순간 최선을 다해 살아간다. 지금은 2016년 겨울 나라 안은 어수선해져 온 국민들은 추운 밤을 촛불 집회로 불태웠다.

이른바 박○○ 대통령의 지인 최○○ 국정농단에 국민들의 분노는 하늘을 찌르는 용서를 할 수가 없었다.

매주 토요일 다섯 시부터 광화문 시청 앞 광장에 촛불을 들고 시민들이 모여들었다.

우리는 촛불집회가 평화적인 국민의 명령이라고 몇 번 참석하고는 자유와 낭만을 즐기기 위해 둘이서 만났다.

"예전에는 데모한다고 집회를 많이 했다는데 지금은 국민들이 촛불을 밝혀 의사표현을 하는 촛불 문화가 우리나라 전통문화로 자리 잡고 있어."

"다정아, 머리 아픈 것은 뒤로 하고 영화 감상하고 그동안 쌓였던 스트레스를 풀지 않을래?"

"그래. 좋아, 가자."

가까운 백화점 안에 있는 영화관으로 버스를 타고 갔다.

"야, 시간이 남아 있으니 햄버거 먹고 기다리자."

롯데리아에 들어가서 줄을 섰다.

차례가 되어 햄버거 세트가 나온 쟁반을 들고 한쪽에 앉았다.

햄버거를 먹으면서 여러 가지 대화를 했다.

"연설문도 못 쓰면서 정치할 수 있을까."

"밑에 사람이 써 주면 할 수 있겠지. 전○○, 노○○, 이○○ 대통령도 그랬다고 하잖아."

"그래서 연설문 봐 주고 특혜를 주고 비자금 챙겨 비리를 저지르는 사람을 국민들이 그냥 놔두겠니, 다정아."

"회사 일은 잘되니? 수출하는 상품에 부속품 만든다면서."

"내가 하는 일은 사무도 보면서 관리하는 일이야. 그런데 지금은 괜찮지만 나이가 들면 어떻게 될 줄 알 수가 없어서 기술을 익혀, 시간이 날 때마다."

"여행사도 지금은 여행하는 사람이 많아 잘되고 있어."

문화생활을 즐기는 사람들로 붐비는 곳이라 삶의 수준이 높아졌다는 것을 알 수가 있었다.

시간이 되어 먹었던 쟁반을 정리하고 줄을 서서 영화관 앞에 핸드폰을 보이고 좌석을 찾아 앉았다.

선전이 나오고 곧 영화가 시작이 되어 조용히 감상을 하였다.

머리를 식히기 위해서는 멜로, 로맨스, 코믹 영화가 스트레스를 해소시키는 데에 일등 공신이라고 생각한다.

이윽고 영화가 끝난 뒤 기분이 전환되어 가벼운 마음으로 나왔다.

뜨거운 아메리카노 한 잔씩 들고 시청 앞 광장을 가자고 했다.

너무나 많은 인파들이 촛불을 켜들고 문화를 즐기면서 의사표현을 평화적으로 외치고 있었다.

밤이 깊어가자 먼저 그곳을 빠져 나왔다.

차가운 바람은 어수선한 사회 분위기를 대변하듯 세차게 불어왔으나 촛불은 횃불이 되어 활활 타올랐었다.

겨울은 이렇게 추위를 느끼지 못할 정도로 국민들의 분노가 표출이 되었지만 우리는 묵묵히 맡은 일에 충실했었다.

그리고 모든 것을 새롭게 다시 시작하는 봄이 우리 곁에 왔다.

여성 대통령은 전 대통령이 되었고 임기를 채우지 못하고 대선을 치르게 됐다. 급박하게 전국이 돌아갔다.

나뭇가지에 새싹이 움트는 새봄은 우리들을 새롭게 만들었다.

여기저기에서 꽃을 피워 내는 봄의 요정이 마술을 부리는 것 같았다.

벌과 나비들이 날아와 너울너울 춤을 추는 개성을 볼 수 있었다.

꽃향기가 그윽한 공원에 잠시 휴식을 취하자고 했다.

어제 퇴근하면서 김밥 재료 등 과일을 사와 아침부터 김밥을 싸는 등 부지런하게 움직였다.

"누나, 공원에 놀러가. 나도 김밥 좀 줘. 맛있게 보여."

"꽁지 한입 먹어 봐. 넉넉하게 쌌으니까 한 두 줄 먹어."

"다현아, 너도 취직해서 여자 친구 사귀는 것 엄마가 보아야지. 그래야 마음을 놓겠어."

"우리 동생 잘할 거야. 힘내. 파이팅."

군대에 갔다 와서 대학 졸업하고 취업 준비하는 동생에게 덕담을 했다.

도시락 그릇에 담아 들고 시간에 맞추어 약속 장소에서 만났다.

서로 마주보면서 간단한 인사를 하고 웃었다.

가까운 거리에 있는 공원을 향해 걸었다.

연우는 도시락을 받아 들고 한쪽에는 돗자리를 들었다.

공원 입구에 들어서자 싱그러운 녹색물결이 반겨 주는 것 같았다.

이파리에 맺힌 이슬방울이 증발하지 않고 햇빛에 반사되어 반짝반짝 빛을 내며 인사하는 것처럼 보였다.

넓은 운동장 주위를 심호흡하고 산책을 하며 거닐었다.

나무 밑에 돗자리를 깔고 도시락을 펴놓고서 앉았다.

도시락을 열고 나무젓가락으로 김밥을 집어서,

"자, 먹어 봐."

"아, 맛있다."

눈이 동그래져서 한입 먹고 느낌을 말한다.

"야, 얼굴도 이쁜데 음식도 맛있다."

엄지척하고 기분을 띄워 주니 재미있었다.

가져온 생수를 마시면서 분위기 좋은 야외에 나와 김밥을 먹는데 꿀맛이었다.

아직 분수대는 틀어 놓지 않았고 좋은 음악이 흘러나왔다.

꽃그늘 사이로 아기가 아장아장 걷는 모습이 보였다.

옆에는 유모차 끌고 봄소풍 나온 아기 엄마가 웃으며 서 있었다.

연두색 물결이 녹색으로 짙어가는 푸르름이 신선하게 다가왔다.

사람들이 나와 봄날의 자유를 즐기는 여유가 있어서 좋았다.

오후 내내 시간을 같이 보내고 걷다가 집 근처의 카페에 앉아서 아이스 아메리카노를 음미한 뒤 집으로 돌아왔다.

장미가 피는 오월에 대선이 치루어져 문○○씨가 대통령으로 당선이 되었다.

그 다음날 인수인계가 되지 않고 국회에서 공백을 비울 수가 없어 간소하게 취임식을 거행했다.

시끄럽던 세상은 일단 조용해졌다.

나무이파리는 짙은 녹색으로 우거져 시원한 바람에 일렁거린다.

성모상 앞에 촛불을 켜고서 잠시 묵상했다.

여러 가지 꽃을 피워서 아름다운 성모상을 바라보니 꽃향기가 진동을 했다. 감사한 마음으로 묵주의 기도를 드렸다.

커피가 생각이 나 카페 운영하는 봉사원이 만들어준 핸드드립 한잔을 사서 향기 맡으며 대화를 한다.

하늘을 보니 새들이 자유롭게 날며 암수 서로 짝하여 병원 옆 숲처럼 나무가 우거진 곳에 둥지를 만들었다.

도심 속에서 새끼를 키워낼까. 지나치는 마음에도 걱정이 되었다.

시간에 맞추어 연우가 성당에 나왔다.

이리저리 돌아다니다가 성당 안에 들어가 미사 볼 준비를 했다.

한 시간 동안 한마음으로 서로를 위해 기도를 했다.

밤이 이슥하여 집에 돌아와 진한 감동을 받고 내일을 위해 깊은 잠이 들어 꿈나라에서도 남자친구를 만나는 장면이 생생하게 떠올라 왔다. 또 다른 내일에 태양은 밝게 떠오를 것이다.

유월의 햇살이 따가웁게 온 세상을 비춘다.

공기 중에 습기가 없어 기분 좋은 바람이 피부에 닿아 업이 된 느낌이 몇 주간 지속된다.

남쪽에서부터 장마가 시작된다는 보도가 잇달아 나온다.

습기가 많고 후덥지근한 기온이 한 달 동안 비를 동반해서 오락가락하는데 불쾌지수가 올라가 견디기가 힘들었다.

몇 차례 많은 비가 긴 시간 내리더니 장마가 끝나고 휴가철이 사회에 처음 나온 우리들을 설레게 했다.

"다정아, 휴가를 어디로 갈까."

"음, 별이 쏟아지는 해변으로 가면 어떨까."

"좋지 어느 해수욕장이 좋은지 찾아보자."

"그래, 그러자. 더운데 냉커피가 늦게 나온다."

시원한 에어컨 바람에 땀이 가시자 커피가 나와 한 모금 마신다.

휴대폰을 찾아가며 여러 가지 정보를 살펴본다.

"휴가를 처음으로 같이 시간을 보낼 수 있는데 스케줄을 알차게 짜서 아무튼 재미있게 스트레스를 풀고 오자."

"일상에서 받은 스트레스 확 풀고 기분 전환해서 돌아오자."

우리는 계획을 세우고 스파게티와 떡갈비를 시켜 나누어서 저녁을 먹은 뒤 집으로 돌아와 식구들과 여러 가지 이야기를 했다.

우리 선조들은 더위를 이기기 위해 삼복이라고 해서 그날은 삼계탕 등 수박을 가족이나 지인들이 모여서 먹는 날이다.

장마전선이 북쪽으로 넘어가 소멸되었다.

그리고 휴가를 받아 계획을 세웠던 대로 떠나는 날이 왔다.

연우가 렌트카를 빌려서 집 옆에 세워 놓고 기다리고 있었다.

간단하게 필요한 것을 챙겨 넣은 캐리어를 받아서 차 한쪽에 놓고 시장을 보아서 음식 재료를 담은 봉지를 그 옆에 두고 차 앞에 나란히 앉아 음악이 흘러나왔다.

발라드 노래를 따라서 부르면서 출발했다.

복잡한 시내를 빠져나와 숨통이 트인 맑은 공기를 마시면 절로 기분이 좋아져 둘만의 시간이 달콤했다.

고속도로를 달리다 영동선으로 꺾어 들어가 강릉으로 간다.

좀 밀리긴 했지만 두 시간 넘게 걸렸다.

강릉 경포대가 가까운 펜션을 예약해서 드디어 도착했다.

차를 세우고 짐을 들고 안으로 들어가서 풀었다.

"야, 시장하다. 취사도구가 갖추어져 있어. 전자레인지도 있다."

"먼저 밥을 먹고 놀자. 금강산도 식후경이라고. 고기를 굽자."

지글지글 삼겹살 익은 고기를 차려 놓은 상추에 싸서 연우에게 한입 먹여 준다. 서로 교대로 소주도 한잔 주거니 받거니 한다.

배를 채운 뒤 수영복으로 갈아입고 가운을 걸쳤다.

"오, 멋있다. 안 봤다."

"보지 마."

"보이는데 왜 그러니. 가자, 해수욕장으로."

모자, 음료수와 수박, 돗자리 등을 챙겨서 바닷가로 향한다.

사람들과 같이 바닷물 속에 몸을 던지고 모래찜질을 하면서 꿈같은 시간이 흘러 3박 4일을 보낸 뒤 일상으로 돌아왔다.

이젠 그렇게도 더운 열기가 가끔씩 뿌려진 소나기에 한풀 꺾이고 제법 시원한 바람에 오수의 잠이 쏟아진다.

작열했던 태양에 바람 한 줄기가 다가오는 가을을 예고했다.

신이시여. 들에다 많은 바람을 세례받듯 시원하게 놓으시고 열매들이 알곡으로 익어 갈 수 있도록 남국의 햇볕을 더욱더 내려주소서. 우리 두 사람은 도심을 벗어나 시골 마을을 다녀갔다.

맑고 높은 가을 하늘을 새들이 자유롭게 나르는 모습을 바라볼 수 있는 여유를 주서서 감사 기도를 드렸다.

추수한 들판의 그림 같은 풍경을 뒤로하고 돌아오는 발걸음이 가벼웠다.

한낮에는 덥게 느껴지지만 아침저녁으로 시원한 바람이 불어 땀이 많이 나왔던 것에 비해 피부에 닿은 촉감이 부드러웠다.

덥지도 않고 춥지도 않은 전형적인 가을 날씨에 기분이 상쾌했다.

휴일 아침 바람 한 점이 창가에 앉아 잠을 깨운다.

오늘의 소원은 연우를 만나 미사에 참석하는 것이다.

침대에서 일어나서 화장실로 들어가 샴푸로 머리를 감는다.

세수도 하고 양치질을 한 뒤 수건으로 머리를 닦고는 드라이기로 말린다. 정성들여 화장을 한다.

옷장에서 멋있는 옷을 골라 곱게 차려입는다.

사뿐사뿐 걸어서 성당 마당에 들어가니 연우가 한쪽에 놓여 있는 의자에 앉아서 기다리고 있었다.

미사가 시작되니 성당 안으로 들어가자고 했다.

한 시간 정도 서로 생각하면서 하느님 말씀 강론을 들었다.

한마음이 되어서 미사가 끝나고 손잡고 계단을 내려와 카페로 향했다. 기쁨이 충만하게 다가왔다.

점심으로 맛있는 샐러드, 파스타를 시켜서 먹었다.

후식으로 깔끔한 아메리카노에 얼음을 동동 띄워서 시원하게 마시는 일요일마다 이렇게 누릴 수 있는 여유를 하느님께서 주셨다고 생각하게 된다. 더 많은 은혜를 내려 주시라고 기도했다.

어느 날 가족이 모여서 저녁을 먹은 후 커피 한잔씩 하면서 텔레비전을 보는데 뉴스 채널에 문○○ 대통령께서 유엔 연설하는 것을 무심코 보았다.

그런데 트럼프 미국 대통령이 연설을 듣다가 나가 버렸는데 끝까지 연설한 내용에 자꾸 마음이 쓰였다.

창문으로 들어온 가을밤 시원한 바람이 기분 좋게 만들었다.

간혹 드물게 별이 보인다. 도시에서는 볼 수 없는 별이 오늘 밤에 지구를 향해서 반짝거리는 모습을 감상하다 깊은 잠이 사르르 찾아와 세상모르게 휴식을 취하기도 했었다.

나뭇가지가 뿌리에서 물을 흡수하여 봄에 잎이 나서 뜨거운 여름을 나고 가을되어 태양 볕을 많이 받은 순서대로 물이 들기 시작한다.

채색이 된 이파리가 하나둘 변해 간다.

북쪽에서부터 남쪽으로 며칠씩 시간 차이를 두고 빨강, 노랑 물감으로 수채화를 그리듯 색깔이 번져간다.

뉴스를 보면 한반도 전체가 단풍으로 물이 들어간 모습이 나온다.

우리는 회사에서 능력을 인정받기 위해 열심히 일한다.

주말이면 언제나 데이트를 즐긴다.

어느덧 단풍은 도심 속에도 파고들어 멋있는 색깔을 자랑한다.

잠시 자태를 뽐내다 하나둘 낙엽 되어 떨어진다.

노오란 은행잎을 주워 성경책 속에 꽂아 두었다. 작년에 꽂아 두었던 이파리가 갈색으로 변해 가만히 냄새를 맡아 본다.

거리에는 노오란 색깔과 가로수 나뭇잎이 섞어서 뒤범벅이 되어 세차게 부는 바람 때문 이리저리 뒹굴며 날아다닌다. 간밤에 가을비가 촉촉이 내려 낙엽이 젖어 있었다.

아침 햇살이 가득히 내리는데 물기가 어려 있어 반짝거린다.

퇴근할 때에는 미화원 아저씨들이 낙엽을 쓸어 모아 청소가 되어 있어서 깨끗해진 거리에 사람들의 오고 가는 발걸음이 가볍게 느껴지기도 했다.

길가의 가로수 이파리는 다 떨어지고 겨울을 나기 위해 짚으로 겨울옷을 입힌다.

을씨년스런 하늘은 잿빛으로 변해 첫눈이 내릴 것 같은 분위기인데 그래도 어디에선가 밝고 흥겨운 캐롤이 흘러나온다.

세계인들이 다들 좋아하는 크리스마스가 다가온다.

다정한 연인들이 즐기기 좋은 축복이 하늘에서 내려온다고 생각하는 기쁨이 충만한 날을 기다리고 있었다.

집안 거실에도 크리스마스트리를 만들어 장식해 놓고 기분이 업되어 집에 들어올 때나 나갈 때에 바라보는 즐거움이 컸다.

고요한 밤, 거룩한 밤, 만상이 잠든 때 마굿간에서 태어난 예수님. 나는 연우와 같이 크리스마스이브 밤 미사에 참석했다.

눈은 오지 않았지만 예수님 탄생을 모두 축하하는 기분 좋은 밤 평화의 인사를 서로 나눈다.

미사가 끝나고 성당 마당에 차려놓은 떡국을 나누면서 밤의 분위기는 무르익어 절정에 도달한다.

메리 크리스마스이브에 밤새우고 싶었지만 진한 감동을 받고 모두 집으로 돌아갔다.

한 해가 다 가는 연말이란 단어가 너무 아쉽게만 느껴진다. 내 방에 들어와 침대에 누워서 지나간 과거를 다시 생각해 보는 시간을 가져 본다.

다사다난했던 한 해를 보내는 마음속에 모두가 웃음으로 꽃피우는 보람이 있기를 기대해 본다.

6

축복받은 결혼

다정한 연인이 손에 손 잡고 삭막한 현실을 헤쳐 나가는 길은 대기업에서는 직원 수에 한계가 있어 수요를 충족하기 못하기 때문에 현실에 맞는 경노동에 눈을 돌려 직업을 구하는 것이 현명하다.

우리가 살고 있는 이 세상은 물질적 풍요가 안겨 주는 시민적인 안락함과 물질주의에 온전히 매몰되어 지금 여기의 삶이 전부인 것처럼 살아가고 있다.

그런 우리들에게 예수님께서는 그러니 깨어 있어라, 그리고 준비하고 있으라고 말씀하신다.

하느님은 공간뿐 아니라 시간도 창조하셨기에 시간의 주인이시다.

하느님은 언제나 영원한 현재이시다.

따라서 과거, 현재, 미래라는 세 가지 시간이 있다고 말한다.

과거의 현재, 현재의 현재, 미래의 현재 이렇게 세 가지가 영혼 안에 있음을 어느 모로 알 수 있으나 다른 데에서는 볼 수가 없으니 즉 과거의 현재는 기억이요 현재의 현재는 목격함이요 미래의 현재는 기다림이다.

지금 이미 우리 곁에 와 계시고 문 앞에 서서 문을 두드리고 계신 주님의 목소리를 듣지 못하게 하는 감각적인 온갖 유혹과 우리의 영혼을 헷갈리게 하는 이 세상의 그릇된 것을 버리고 영적인 것을 용감히 받아들이고 사는 나날이 되어야겠다고 생각한다.

스스로 엄격한 극기의 생활을 하면서 반성하고 새로운 삶을 살아 구원을 얻겠다는 마음으로 대단한 분의 위기로 사람을 강하게 일깨웠다. 그 누구도 안전하지 않으며 이 심판의 날을 피할 수 없음을 강조했다. 아직 어두움 속에 있음을 자각한 우리는 하늘나라를 다시금 준비하면서 기다리게 되었다.

우리가 기다리는 뒤에 오시는 분이 바로 하느님이시다. 나라를 여시는 분, 즉 마지막 때의 주님이시고 심판자이심을 새삼 깨닫게 되어 바로 그 사람을 위해 사랑할 줄 아는 참사랑 분별 있는 사랑을 살도록 새로운 백성을 새롭게 일으키시는 성령을 주시는 예수 그리스도 오심을 우리는 또다시 기다리게 되었다.

세상에는 누군가의 도움 없이 살아가기 힘든 사람들이 많이 있다.

경제적인 면에서도 그렇게 정서적 정신적인 면에서 그들을 위해 마련하신 하느님의 대책은 무엇인가 한번 생각해 볼 일이다.

밝아오는 새해 아침에 우리가 소원을 비는 특별한 일이 생길 것이라고 짐작했었다.

그런데 북한은 신년사에서 긍정적인 신호를 보내 왔다.

평창 동계 올림픽을 열리는데 평화적인 대화를 하자고 사람들을 보낸다는 물 밑에서 접촉을 했었다.

세계인의 축제가 자연스럽게 만나는 분위기가 형성되었다.

꽁꽁 얼어붙었던 한반도에 얼음이 녹기 시작하는 해빙기가 오는 것처럼 살짝 봄기운이 돈다.

2018년 2월 영하 십도 이하로 떨어진 매서운 추위 속에 평창 동계 올림픽이 열려 세계인의 이목이 한반도에 쏠렸다.

올림픽이 열리기 전에는 김○○ 국무위원장 동생인 김○○이가 방문했고 올림픽이 끝날 때는 미국 트○○ 대통령의 딸 이○○가 방문하여 분위기가 좋아 모두가 긍정적이었다.

그동안 갈고 닦았던 실력을 마음껏 최선을 다해 경기를 보여주었던 선수들에게 무안한 박수를 보냈다.

올림픽이 열렸던 기간 동안 그렇게 추웠다.

그런데 거짓말이었던 것처럼 폐막식 다음 날부터는 날씨가 풀려 봄이 왔다. 정말 신기한 현상이었다.

우리나라는 일제 36년 동안 식민지로 고통을 당하다 1945년 8월 15일 2차 대전이 끝난 후 독립이 되었으나 1950년 6월 25일 한국 전쟁으로 폐허가 된 땅에서 아프리카처럼 너무 못살았는데 온 국민들의 피나는 최선의 노력으로 73년 만에 평창 동계 올림픽을 성공적으로 개최가 된 후 새봄이 되어 국민소득 3만 달러를 이루어 무사히 선진국으로 입문하였다.

정말 뜻깊은 해를 맞이하였다.

우리나라는 가장 짧은 시간 내에 산업화 근대화를 했었고 가장 짧은 시간 내에 민주화를 이루었고 그리고 가장 짧은 시간 내에 민주화를 이루었고 그리고 가장 짧은 시간 내에 교육화, 시민화 발전을 위해 제 1, 2의 한강의 기적을 이루어 선진국 대열에 올라 세계 무대에 우뚝 서서 찬란하게 빛내고 있다.

그런데 지금은 빈부의 차이가 벌어져 잘사는 사람은 너무 잘살고 못사는 사람은 너무 못살아 사회 문제로 대두되고 있다. 그래서 잘사는 사람에게 세금을 많이 거두어서 사회 복지 제도를 만들어야 선진국이란 말을 할 수가 있다.

올해의 봄은 너무 기분 좋은 날들이 이어졌는데 한편으로는 내심 걱정을 많이 했다.

"동계 평창 올림픽 때 김○○ 동생 김○○이 친서를 가지고 청와대 문○○ 대통령을 만났는데 긍정적 생각해 보겠다고 했었어. 곧바로 답변을 안 하고."

"우리도 친서를 가지고 평양 김○○ 국무위원장을 만났지."

"한반도가 남북 정상회담으로 급박하게 개최한다고 돌아가고 있다."

"우리가 지금 어느 시대에 살고 있지."

"이제부터 다시 시작하는 거야."

어디를 가나 모이는 사람들의 화젯거리로 입에 오르내렸다.

이렇게 이야기꽃이 피는 것처럼 봄의 꽃들이 차례대로 피어나 얼어붙었던 냉담에 봄기운이 돌아 기분이 훈훈해졌다.

한반도 꽃들이 피어 향기가 진동하던 날 비무장지대 분단의 상징 판문점에서 남북 정상들은 친구가 되어 만났다.

그 감격한 시간 문재인 대통령은 군사분계선을 넘어 잠시 월경한 장면이 공중파를 타고 전 세계에 전달됐었다.

이제부터 만남을 공식적으로 횟수를 자주 갖고 모든 문제를 테이블에 놓고 대화를 풀어가기를 바랐었다.

자리를 자유의 집으로 옮겨 하루 종일 그동안 쌓였던 이야기를 나누면서 남북이 하나라는 공동체를 확인했었다.

시원한 바람 한 점이 인사를 한다.

여보게, 친구. 반갑다. 또 만나자. 일상에서처럼 말이야.

머릿속을 스치는 이런 말들을 건넸을 거라고 생각한다.

그리고 한반도의 완전한 비핵화를 위해 우여곡절 끝에 싱가포르에서 2018년 6월 12일 북미정상회담을 개최하였다.

우리는 평화 통일의 시대를 열기 위해 첫 걸음마를 시작했었다.

너무나 아름다운 만남이었다.

찬란한 햇볕이 온누리에 비추며 축하해주는 감동적인 순간 가슴이 벅차올랐다.

그다음은 6월 러시아 월드컵 축구 세계인의 축제가 기다리고 있었다.

연우와 같이 퇴근 후 주말에는 카페에서 축구 경기를 보았다.

오늘은 마지막 태극전사들의 경기를 본 뒤 성당 카페에서 여유를 즐기며 냉커피 앞에 놓고 대화를 하고 있었다.

"요즈음 새로운 일들이 자주 일어나. 기분 좋은 날들이 이어진다. 너무 감동받았어."

"문득 이런 대화가 이전으로 돌아가지 않을까 긴장이 되는데 길은 멀지만 그런 일은 없겠지."

"너무 멋있는 경기였는데 8강은 들지 못해 아쉬웠지만 정말 잘 싸웠다고 많은 박수를 보냈다."

"나도 그랬다. 연우야, 커피 마셔, 시원하게."

우리는 여름내 이렇게 더위를 식히며 보냈었다.

장마전선이 태풍과도 같이 더위와 몰려왔다. 예년에 비해 너무나 더워 힘들었지만 때가 되니까 이글거리는 태양도 뒷걸음쳐 시원한 비가 하늘에서 내려오더니 시원한 바람도 몰려왔다.

여름은 이렇게 물러가기 시작했었다.

가을이 오는 소리를 가만히 듣고 있다.

그렇게 더운 날들에 의해 곡식이 여물어 익어 간다는 것을 자연의 섭리라고 느낀다.

들에다 많은 바람을 시원하게 놓으시고 남쪽 나라 햇빛을 더욱 내려 주시어 알곡이 영글어갈 수 있도록 환경을 만들어 간다.

맑고 높은 파아란 하늘가를 자유롭게 나는 새들의 비행을 보고 지금은 모든 국민들이 하루를 겨우 살 수밖에 없는 질이 낮은 생활이 아니라 하고 싶은 일을 하고 꿈과 희망을 키우고 살 수 있는 진정한 경제 민주화가 되어야 선진국이라 할 수 있다.

이런 시대가 올 수 있는 날을 기대해 본다.

드디어 문○○ 대통령의 평양 방문을 9월 중순경에 공중파를 타고 세계에 전달되었다.

제3차 남북 정상회담, 북미 정상회담이 이루어졌다는 것이 정말 꿈만 같았다.

평화의 길로 가기 위한 시작이라고 가야 할 길이 먼데 시작이 절반이라는 속담이 생각이 난다.

너무나 감동적인 순간은 백두산에 오른 두 정상의 좋은 모습을 보고 많은 생각들이 한반도가 지정학적으로 과거에 많은 피해를 보았는데 이젠 수혜자가 될 것이라고 확신한다.

가을바람이 산들산들 부는데 코스모스가 피어 있는 공원하늘가에 키 재기 순서대로 서서 합창하는 하는 하모니가 조화와 균형이 잡혀 있어 사람들의 시선을 끈다.

우주의 연가를 부르는 어여쁜 아가씨가 연상이 된다.

짙은 녹색 이파리가 채색이 되어 빛을 아름다운 색깔로 변하기 위하여 많은 태양 볕을 받는다.

한반도는 북쪽 산에서부터 남쪽 산으로 물이 들기 시작한다.

녹색이 빨강, 노랑 단풍이 들어 눈을 아름답게 만든다.

감탄사가 절로 나와 느끼는 마음을 부드럽게 꾸며 준다.

예쁜 색깔로 물이 든 나무이파리는 갈색으로 변한 순서대로 하나둘 떨어진다.

단풍이 절정을 이룬 뒤 찬바람이 불면 낙엽이 우수수 이리저리 뒹굴며 쌓이는데 올해도 낙엽철에 마음속이 허전한 느낌이 든다. 아, 올해는 너무 많은 일들이 일어났었다.

이제는 도심 속에까지 단풍이 들어 낙엽으로 변해 마구 떨어진다.

따뜻한 커피가 생각나는 운치 있는 날들이 이어진다.

연우가 있어 가을을 타는 마음을 차곡차곡 추억을 새롭게 만들어 새긴다. 먼 미래에 젊은 날을 생각하면 그때가 있었기에 우리가 알차게 생활을 엮어 보람 있게 살았다.

마지막 남은 이파리는 바람에 마저 떨어져 버리고 밖은 세찬 바람이 나뭇가지를 흔들며 소식을 내고 멀리 날아간다.

계절은 겨울의 문턱을 넘는다.

그런데 이번 겨울은 그렇게 춥지 않은 포근한 날씨이다.

영하 10도 이하로 떨어져 얼었다 풀렸던 기온은 몇 차례 있었지만 눈이 오는 날은 거의 없었다.

한 달 전부터 제2차 북미 정상회담이 베트남 하노이에서 개최된다는 것이 확정이 되었다.

봄이 오는 길목에서 두 정상이 만났으나 아무런 성과 없이 결렬되었다. 합의가 되지 못했다. 그렇지만 다음을 긍정적으로 만나기 위해서 노력이 필요하다고 생각했었다.

겨울이 따뜻했던 것에 비해 봄은 그렇게 따뜻한 봄날이 아니었다. 그렇지만 초목에 새싹이 움트고 새들이 노래하고 살기 좋은 세상이 앞으로 펼쳐질 것이라는 예감으로 즐거웠다.

봄바람이 살랑살랑 여인의 치맛자락에서부터 시작한다.

이맘때면 들에는 보리와 밀이 익어 간다.

그리고 아지랑이 피어나는 곳에 종달새가 지지배배 어서 오라고 어서 가자고 손짓하며 앞장선다.

우리는 사귄 지 삼 년이 되어 간다. 학교 때부터 같이 붙어 다닌지는 햇수로 십 년이 되었다.

결혼을 전제로 만나기 때문 자연스럽게 말이 나왔다.

“이제 우리 구체적으로 결혼을 생각해 보자. 본격적으로 만난 지 오래 됐으니까 할 수 있다고 본다.”

“나도 긍정적으로 생각하고 상의해서 계획을 세우자.”

먼저 결혼박람회에 참석해서 스케줄을 잡기로 했다.

꽃피는 봄날 김연우 씨는 집에 인사 온다고 해서 엄마는 너무 좋아 시장을 보아 음식 만드는 데 분주하게 움직였다.

애들이 둘인데 귀한 손님 온다고 집안 청소부터 했다.

다음 날 토요일 멋있게 차려입은 연우 씨가 한손에는 장미꽃 여러 송이, 한손에는 과일바구니를 들고 집 앞에서 초인종을 누르자 곧 알아차리고 현관문을 열었다.

“안녕하십니까? 아버님, 어머님.”

“어서 오게. 다정이 남자친구가 누구인지 궁금했는데 반갑네. 성실하고 믿음직스러우면 됐지.”

“이리 주게. 그냥 와도 되는데. 다정아, 남자친구가 훤칠하고 남자답게 생겼다. 어울리는 한 쌍이야.”

“하나밖에 없는 남동생 하다현이야.”

“처남이라고 불러도 되지? 우리 친하게 지내자.”

“예, 매형. 자주 만나요.”

맛있는 음식을 식탁에 차려서 둘러앉아 약주도 권하고 분위기가 좋아 결혼을 허락받았다.

주거니 받거니 술을 마시다가 밤늦게 돌아갔다.

부모님들이 벌써 자라 시집 갈 때가 되었다고 서운해하셨다.

그런데 듬직한 청년을 데려온다고 생각하니 더 좋은 점이 많아 기쁘다고 말씀하셨다.

그렇게 봄날은 우리에게 다가와 환한 미소를 지었다.

연우 씨 가족은 회사에 다니시는 아버지 김준호 씨와 어머니 세 살 터울인 형 김명우 씨와 형수 가족이 다섯이다.

어느 조용한 레스토랑에서 저녁을 먹으면서 허락을 받았다.

형수는 임신을 해 입덧을 한다고 잘 먹지를 못했다.

우리는 양가에 인사를 드리고 결혼 날짜를 엄마가 잡았다.

스케줄이 계속 짜여 있어서 바쁘게 순서대로 진행이 되어 간다.

세상은 꽃망울이 터져 꽃향기로 진동을 했다.

꽃이 진 자리에 녹색 이파리가 돋아나와 초록으로 물결을 이루었다.

나뭇가지에도 이파리가 자라 가장 아름다운 색깔로 눈을 아름답게 만들어서 행복한 마음이 가득했다.

우리는 신혼집을 구하기 위해 아파트 전세 여러 곳을 보러 다녔다.

집값이 너무 비싸 서울 변두리 금천구 시흥동에 우리 돈에 맞는 아담한 방이 3개, 거실 겸 주방이 딸린 아파트를 얻었다.

올해도 때가 되니까 장마철이 어김없이 찾아왔다.

남부지방부터 올라와 비가 오락가락 많은 장맛비가 내렸다.

약 한 달 남짓 장마철이 끝날 무렵 전 세입자는 이사를 갔다. 우리는 신혼집에 맞는 살림살이를 사러 다녔다. 인테리어를 새로 하고 새로운 살림을 진열해서 안정된 보금자리를 꾸미는 행복한 시간 결혼을 정식으로 청원하는 이벤트를 하기로 해서 기대를 했었다.

연우가 전화를 해서 신혼집으로 오라고 했다.

퇴근길에 들어갔는데 현관문을 열자 촛불이 여러 개 켜져 있고 스위치를 올리자 폭죽이 터져 환영을 했다.

장미꽃 한 아름 안겨주면서 기쁜 목소리로 말을 했다.

"다정 씨, 사랑합니다. 저와 결혼해 주세요. 이 순간을 얼마나 기다렸는지 모릅니다. 지난 십 년이 꿈만 같습니다. 현실에서 행복하게 살아요. 우리 화목한 가정 만들어요."

"너무 감동받았어요. 결혼해서 아이들 낳고 다복하게 살아요."

뜨거운 포옹을 하고 멋있게 키스를 했다. 직접 스테이크를 구워 분위기 좋은 와인 한잔씩 마시면서 저녁을 먹었다.

결혼식에서 입을 웨딩드레스를 먼저 입어 보러 강남구 청담동에 있는 사무실에 다닌다.

웨딩 촬영도 옷을 많이 입어 보고 마음에 든 웨딩드레스를 입고서 멋있는 시간도 즐겼다.

어느 정도 결혼 준비가 된 후 결혼식 한 달 전 상견례를 했다.

조용한 호텔 접견실에서 양가 가족이 만나 덕담을 나누는데 의미를 두고 간단히 인사를 나누었다.

"대학교 때부터 단짝 친구였다니 축하해 줘야죠. 둘이 가정을 이루고 금실 좋게 잘 살면 더 바랄 게 없어요."

"예, 안사돈. 너희들 잘 살아라."

"며느리가 참하네요."

"우리 사위도 바르게 성장해서 승진할 수 있는 실력을 갖추고 사람 됨됨이가 좋은 것 같아요."

화기애애한 분위기가 좋아 우리들 마음이 너무 기뻐서 날아갈 것만 같았다.

결혼식을 앞두고 이제는 신랑 친구들과 신부 친구들이 모여서 싱글 마지막을 즐기기 위해여 재미있는 시간을 갖기로 했다.

서로 바쁘기 때문에 시간을 내어 축하를 해 주고 이러한 기회로 서로 맞는 사람을 만나라는 덕담을 나누면서 밤늦도록 술을 마셨다. 집에 들어와 방문을 열자 어디에서 시원한 바람 한 점이 창가에서 불어온다.

서서히 여름이 가고 초가을을 알리는 벌레들의 짝짓는 울음소리가 귓가에 들려온다.

밤하늘에는 초생달이 떠 있고 간혹 별들이 반짝반짝거리며 방향을 가르쳐 주고 은하수가 흐르는 미리내가 무더기로 보이는 우주가 멀리서 손짓하는 듯 꿈을 꾼다.

산들바람이 불어와 짙은 녹색 이파리가 춤을 추는 듯 그렇게 다가왔다.

사람들이 오고 가는 쉼터와 이어진 성당 마당의 나무들이 이산화탄소를 흡수하고 산소를 내보내는 자연적인 현상으로 공기가 맑은 곳이다.

결혼을 앞두고 마음을 맑게 정리하고 새롭게 인생을 시작하는데 의미를 두고 성모상 앞에서 두 손 모아 기도를 한다. 성당 앞마당에 국화가 피어 있는 화분을 진열해 놓았다.

그윽한 향기에 취해 기도했다. 이렇게 강인한 사람으로 세상 풍파를 헤쳐 나가는 강한 정신력과 굳은 의지로 그리고 사랑으로 가꾸어 가는 가정을 이루게 하소서. 오, 하느님.

드디어 결혼식 날 일찍 잠에서 깨어 일어났었다.

연우 씨가 가지고 온 승용차를 타고 신부 화장하는 곳으로 드라이브하는 기분이 설렜다.

이제 결혼한다는 느낌이 실감났다.

가장 아름다운 날, 눈처럼 하얀 드레스를 입고 신랑, 신부가 손을 잡고 같이 음악에 맞추어 입장을 하였다.

사회자의 순서대로 서로에게 마음속에서 우러나오는 편지를 낭송하고 신랑, 신부 부친이 나와 당부하는 말씀과 결혼하는 자식들에게 써 온 편지를 읽었다.

그런 뒤 웨딩홀에서 마련한 국악을 공연하고 신랑 측 친구가 나와 아름다운 축가를 부르자 눈물이 주르르 감동이 왔다.

모든 행사가 무사히 끝나고 신혼여행을 인도네시아 발리로 떠나기 위해 인천 국제공항으로 향하고 있다.

일주일 동안 행복에 젖어 달콤한 밀월을 즐기고 귀국했었다.

신혼집에서 우리의 신혼생활이 시작이 되어 퇴근하고 돌아와 알콩달콩 재미있게 즐기는 게 요즘 하는 일이다.

찬란하게 빛이 나던 나무이파리는 더욱더 짙은 색깔로 퇴색이 되더니 하나둘 색이 변해 물이 들기 시작한다.

여름내 태양빛을 받고 하루 종일 온도 차이가 커 가장 아름다운 수채화를 그려 놓은 것처럼 물이 들어간다.

더운 열기가 가신 알맞은 온도에 옷차림을 바꾸어 입어 산뜻한 기분이 부드러운 촉감 때문에 업이 된 느낌이다.

주말이 되어 피곤을 풀기 위해 오전에는 늦잠을 청했다.

오후에 남편과 같이 일주일 먹거리를 마트에서 카트를 밀고 시장을 본다.

여러 가지 채소, 과일 또 고기 등을 골라서 담았다.

집에 돌아와서 저녁 먹을 준비가 되어 식탁 위에 삼겹살, 목살을 불판
에 올려놓자 지글지글 고기 굽는 냄새가 거실 안에 가득했다.

익은 고기를 상추에 싸서 서로 먹여 주고 오붓한 식사를 하는 우리의
행복한 시간은 깊어 가는 가을밤 오래도록 도란도란 이야기를 나누는 마
음이 넉넉해졌다.

이렇게 달콤한 신혼 생활이 자유롭게 펼쳐져 시간 가는 줄 모르게 재미
에 푹 빠졌다.

7

육아

완연한 가을날이 일상에서 평범한 생활로 찾아와 활력소가 된다.

사회의 기초인 가정이 거룩하게 성화된다면 그것이 바로 좋은 가정이다. 가정 안에서 서로 참아주고 용서해 주며 모든 것 위에 사랑을 입고 평화가 우리 가정을 다스리게 내어 맡긴다면 분명 우리 가정은 그리스도 말씀이 풍부히 머무르는 성가정이 되는 것이다.

이러한 지향을 마음에 두고 우리는 살아가면서 수많은 사람을 만나게 된다.

어릴 적 동네친구, 학교친구, 선후배, 직장 동료 등 하지만 그중에서 내 가슴에 남아 있는 사람들은 얼마 되지 않는다.

생각하면 가슴이 뚜렷해지는 사람 눈가가 촉촉이 젖어오는 사람 언제라도 좋으니 꼭 다시 한 번 만나고 싶은 그런 사람 말이다.

우리는 살아가면서 어떤 인연은 머리로 기억하고 어떤 인연은 가슴으로 기억한다.

올해도 사회에서 수많은 사람들을 만났다.

그 사람들 중 내 가슴으로 기억하고 있는 사람들은 몇이나 되는지 또

나를 가슴으로 기억하고 있는 사람들은 몇이나 되는지 생각해 보았다.

영원한 행복을 바라는 희망은 우리의 삶에 힘을 주고 용기를 북돋아 준다. 그래서 우리는 어떠한 절망적인 상황에서도 어려움을 겪으면서도 꿋꿋하게 살아갈 수 있다.

흔들리지 않는 믿음과 희망은 사랑으로 인하여 서로 연결되고 조화를 이룬다.

사람은 완전하게 묶어 주는 끈이고 모든 덕의 바탕이며 덕들을 연결시켜 질서를 지어 주기 때문이다.

따라서 사랑은 우리 그리스도인이 닦아야 할 최고의 덕이요 예수님께서 가르쳐 주신 새로운 것이다.

내가 너희를 사랑한 것처럼 너희도 서로 사랑하여라.

이러한 사랑으로써 우리는 모든 것을 덮어 주고 모든 것을 믿으며 모든 것을 바라고 모든 것을 견디어 낸다.

그러므로 믿음과 희망 그리고 사랑은 우리가 하늘나라에 갈 때까지 간직하고 불태워야 할 연료가 된다.

이제는 아이들 시점에서 1인칭 주인공 시점으로 다시 돌아와 이야기를 펼쳐 나갈 것이다.

우리 딸 다정이가 임신을 했다.

결혼 날짜를 받아 놓고 참지를 못하고 합방을 해서 임신 5개월이 되었다. 지금은 결혼할 사람이 줄어들자 웨딩홀도 줄어서 몇 개월 전부터 서둘러야 원하는 좋은 날에 할 수 있다.

지금 우리나라는 산 전체가 단풍이 절정을 이루어 아름다운 색깔로 물이 들어 있어서 눈에 담고 싶었다.

남편과 같이 주말에 산에 올라 단풍 구경 가기로 했다.

딸이 선물한 등산복을 입고 가방을 등에 짊어지고서 산에 오른다. 맑은 공기를 마음껏 들이마시는 호흡이 자유로워 기분이 상쾌해졌다.

친구들과 안사람 등 수가 여섯 명이 배낭에 컵라면, 과일, 김밥 등을 싸 왔다. 여자들은 둘레길에 있는 절 옆 평상에서 수다를 떨고 남자들은 정상에까지 올라갔다 내려왔다.

경치가 아름다워 탄성 소리가 절로 나왔다.

"이제 우리들 나이가 손주 볼 때인데 딸이 임신을 했어요. 조금 있으면 할머니가 된다고 생각하니 한편으로는 좋으면서 벌써 이렇게 됐나 싶어 약간 서글픈 생각도 드네요."

"우리 나이가 늙어 가는 것이 아니라 조금씩 익어 간다고 긍정적으로 생각해야 건강에도 좋아요."

"그래요. 나는 벌써 딸에게서 손주를 봤는데 그렇게 귀엽고 예뻐. 지금은 재롱 보면서 웃고 살아요."

김광복 부인 송철민 씨 부인하고 화젯거리가 같아서 좋았다.

한쪽에서는 남성들이 싸 온 음식을 풀어놓고 먹고 있었다.

흰 구름이 두둥실 떠다니는 가을 하늘은 높고 푸르기만 하다.

세상은 잠시 물이 들어 단풍으로 곱게 옷을 갈아입더니 한 잎, 두 잎 낙엽 되어 떨어지기 시작한다.

숲속에서 산새들이 지저귀는 소리는 귀에 익어 노래 부르는 것처럼 감상하기 좋은 느낌으로 다가왔다.

딱 알맞은 온도에 시원한 바람이 피부에 닿는 촉감이 부드러웠다. 기분 전환이 되어 일상의 활력소를 불어넣은 것 같았다.

오후 다섯 시에 산에서 내려와 오붓하게 친구들이 부부동반으로 맛있는 저녁을 먹었다.

하루가 빠르게 지나간다.

딸이 아직 입덧이 가시지 않아 힘들어해서 신경을 많이 쓰고 있다. 조금씩 자주 먹긴 하지만 많이 먹지를 못한다. 임신을 하면 태교를 해야 하는데 좋은 것만 생각하고 좋은 것만 듣는 것이라고 감기약도 먹지 않는 것이 단다.

엄마로써 딸에게 해 주는 말이 너를 임신했을 때 기억이 새로워서 마주 앉아서 자주 얘기한다.

낙엽이 우수수 떨어지는데 따뜻한 차 한잔의 여유를 가져 본다.

가을비가 내린 뒤 떨어진 낙엽들이 햇빛을 받아 영롱한 아침 이슬처럼 반짝거린다.

낙엽은 향기가 난다, 먼 태교의 신비를 간직한 채 그때 그 시절의 추억을 말해 주는 듯 남은 시간을 아쉬워한다.

이제 많은 낙엽들은 나무 밑에서 거름이 되어 내년의 봄을 기약한다. 그렇게 시간은 가는데 우리에게는 미래가 기다리고 있다. 약간은 서럽기는 하지만 이것은 자연의 순리 거스를 수가 없다.

아파트 베란다에서 서울 시가지를 바라본다. 그리고 다시 한 번 더 나 자신에게 묻는다.

가로수 나뭇잎이 마지막으로 떨어진 그 자리를 미화원 아저씨들에 의해서 깨끗하게 치워졌다.

추운 겨울을 나기 위해 고동색 나무허리에 짚으로 옷을 입었다.

세찬 바람이 윙윙 소리를 내며 나뭇가지들이 이리저리 흔들린다.

한해가 다해 간다는 아쉬움이 마음속에 남아 있었다.

모든 사람들이 좋아하는 크리스마스가 다가온다.

몇 가지 음식을 해 가지고 딸 내외와 가족이 한자리에 모여 밥을 먹는다. 분위기가 훈훈하고 몇 번의 기회가 더 가까워진 것 같았다.

"삼겹살 굽는 것은 남자들이 하는 거야. 다현아, 네가 구워."

"알았어. 먼저 다 구워 놓고 술 한잔씩 하자고."

"연기 나가게 창문 좀 환기시켜라. 자네는 손님이니 앉아 있게."

"아버님 한잔 받으세요. 어머님도, 처남 너도."

"매형은 내가 따를게요. 누나는 음료수 마셔."

"잔을 부딪히고 가정의 화목과 건강을 위해서 마셔라."

상추 깻잎에 고기 한 점 양파 야채를 얹고 쌈장을 넣어서 사위에게 먹여 주면서 말한다.

"김 서방 자네는 사위 겸 아들이라 생각하네. 서로 사랑하고 금실 좋게 잘 살 거라고 믿고 있네. 많이 드시게."

"예, 어머님. 명심하겠습니다."

후식으로 과일과 커피를 마시면서 오래도록 이야기꽃을 피우다가 다정이가 임신 9개월이 넘어서 너무 힘들다고 자기 방에 들어갔다. 다정이가 사위와 나란히 잠을 자는 모습을 보니 좋으면서 나이가 들어가는구나 하고 새삼 느꼈다.

그런데 서운한 것은 조금이고 사위와 손주 본다는 기쁨은 몇 배, 몇백 배 많아 인생을 이만큼 살아도 마음은 괜찮다고 생각이 돼 이 나이가 어때서 지금은 딱 좋은 시절이다.

모두가 잠이 든 밤 나도 거실 불을 끄고 안방으로 들어가 남편 옆에 누워서 깊은 잠을 청한다.

이번 겨울은 별로 춥지 않은 따뜻한 해가 되었다.

이상 기온으로 더울 때는 너무 덥고 추울 때는 너무 추운 날씨로 변했는데 연말에 영하 십 도까지 떨어지고 하루이틀 춥더니 활동하기 편한 겨울이다 싶었다.

그렇지만 한겨울이다. 조금 춥기는 마찬가지이다.

힘들다고 모두 아우성이다. 옛말에 가난은 나랏님도 어떻게 구제할 수 없다고 하는데 돈을 많이 가진 부자와 먹고 살기 힘든 가난한 사람들의 빈부의 차이가 너무 커서 사회 문제로 대두되고 있는 현 상황이다.

그래서 세금을 많이 거두어 복지 사회를 만들어서 만물의 영장인 사람들이 최소한 누리고 살자는 것이다.

2020년의 설날을 맞이하여 음식을 하기 위해 며칠 전부터 시장을 보러 다닌다.

다정이가 아이를 낳기 위해 설날에 와서 친정에 있는다고 좋아하는 음식 몇 가지 하면서 바쁘게 움직였다.

명절 연휴 우리의 전통음식을 해서 상을 차려 빙 둘러앉았다. 떡국을 먹고 싶으면 먹고 반찬에 밥을 먹고 싶은 사람이면 자유대로 해 놓았다.

“지금은 애들이 태어난 해에 학교에 들어간대요.”

“새 학기가 3월에 시작하니까 2월생도 초등학교에 들어갔는데 발육 상태가 많이 차이가 나 전년 12월까지만 갈 수 있게 했다고 발표가 됐어요.”

“건강에 태어나기만 하면 고맙지.”

“아무튼 새해에도 좋은 일로 가득하길 바란다.”

“김 서방, 많이 드시게. 술도 한잔하구.”

“예, 어머님. 음식이 맛있어요.”

“자네 입맛에 맞는다니 다행이네. 다정이 너도 많이 먹어라.”

사위를 맞이하고 처음 명절을 풍성하게 보내는 마음이 즐거웠다.

생물들이 땅속에서 겨울잠을 자는 시기이다.

그런데 중국에서 우한 폐렴이 발생했다는 보도가 처음에는 가볍게 생각했는데 전파가 빠르게 확산이 돼서 큰 문제이다.

모두 마스크를 착용하기 시작했다.

사람들이 가깝게 모이지 말고 생활 속에 거리두기를 잘 실천하도록 텔레비전에서 발표를 많이 하고 있다.

우리나라에서는 바이러스가 작년 2019년도에 발견이 됐었다고 부르기를 코로나19라고 한다.

증상이 없어도 전파가 폭발적으로 많아 폐렴이 됐을 때는 무서울 정도로 죽음에 이른다.

사람이 많이 모이는 곳에서는 열, 기침을 하는지 검사를 하지만 돌아다니지 않는 것이 예방하는 것이다.

중국 우한에서 온 사람이 설 연휴를 보내고 돌아갔는데 우리나라에서도 첫 확진자가 나와 비상사태가 되었다.

그 사람은 중국 우한이 발원지로 대구 신천지 교인이었다.

코로나19가 전파되기 전 우리 딸이 밤중에 양수가 터져 조금씩 나온다고 해서 산부인과에 전화를 했다.

양수가 맞다고 애기 낳을 준비를 해서 오라는 말을 했다.

딸은 일단 머리를 감고 말린 뒤 챙겨 놓은 캐리어를 끌고 택시를 잡아 같이 타고 갔다.

사위 연우는 자가용을 타고 산부인과 앞에서 만났다.

코로나19 때문에 보호자와 산모만 안으로 들어갈 수 있어서 무사히 출산하기를 기도하고 나는 집으로 돌아왔다.

시간이 흘렀는데 전화가 없어서 초조한 마음으로 기다렸다.

그 다음날 전화벨이 울렸다.

"어머니, 예쁜 딸이 낳았어요. 2월 6일 아침 8시 11분. 난산이었어요."

"잘했다. 축하하네. 아빠가 됐어. 다정이는 괜찮은가."

"애기를 낳기까지는 많이 힘들었는데 낳으니까 아픔이 가서 지금 아이를 안고 있어요."

"자네, 출근하기 전 가겠네."

손주를 만난다는 설레이는 마음으로 유아 물티슈를 사가지고 딸에게 노크를 하고 들어갔다.

"우리 다정이 수고했다. 잘했다. 장하다."

"친척들 지인들에게 전화를 다 했어요. 회사에 가서 조퇴하고 휴가는 산후조리원에서 2주 친정에서 2주 몸조리를 한 뒤 열흘간 낼 수 있어요 이 사람이 육아휴직을 냈으니 한 사람은 가장이니까 저는 내지 않았어요."

"그래. 자네는 출근해서 조퇴하고 오게. 수고했네."

오래도록 딸의 옆에서 네가 태어났을 때의 이야기를 나누었다. 점심때가 되어서 신생아실 앞에서 손주 김지영이를 만났는데 너무 감동적이었고 핏줄이란 게 이렇게 애틋하고 좋은 감정이 너무나 새롭고 좋았다.

저녁 면회시간에는 양가 부모들이 모여서 첫 손주를 보고 밝고 바르게 자라라고 많은 덕담을 해 주었다.

오늘의 기분은 오래도록 마음속에 남아 있을 것이다.

집안에 애기 소리가 나니까 사람 사는 집같이 신기하고 재미가 있어 요즈음은 많이 웃고 지낸다.

산후조리원에서 나와 집에 있는데 애기를 바라보면 모든 것 잊고 새롭기만 하고 좋아서 시간 가는 줄 모른다.

우리 애들 어릴 때 젖병을 소독하고 손주를 위해 지금 해 보는데 감회가 새롭고 마음이 기쁘다.

우유 먹고 잠자고 또 깨서 우유 먹고 하루에 일곱 번이나 여덟 번 먹는데 무럭무럭 잘 자란다.

세상은 코로나19로 긴급 재난 비상사태인데 우리 아이들이 건강하게 비켜 가기를 하느님께 기도했다.

우리는 지난 몇 달 동안 코로나19로 경험하지 못했던 것들을 겪었다. 공동체와 함께하지 않고 사회적 거리두기 완화 등. 이 어려운 시기를 침착하게 인내심을 가지고 잘 대응해 주신 우리 국민들의 선진의식에 감사드린다.

이제 중요한 것은 사회적 많은 부분들은 코로나19 이전 상태로 돌아가지 않고 크게 변화될 것이라 한다.

그리스도 신자는 가난으로 고통을 받는 이웃들을 우선적으로 기억하고 필요한 도움을 베풀어야 한다.

왜냐하면 그들은 형제자매이고 그들을 돕는 것은 하느님의 뜻이다. 예수님 따라 불우한 이웃에게 사랑을 베푸는 자선은 우리가 생각하는 본질적인 사명 중의 하나이다.

현대 사회는 얼마나 많이 소유하느냐, 이런 것이 인간의 정신과 마음을 온통 사로잡고 있다.

끝없는 소유욕과 지나친 소비가 전 세계에 걸쳐 많은 사람들은 절대적 가난으로 몰아가고 있으며 빈부의 차이를 심화시키고 있다.

우리들은 먼저 물질 중심의 삶으로부터 벗어나야 한다.

그 어느 것에도 메이지 않는 마음으로 가난한 사람들을 도와주는 것은 진정으로 구원 받는 길이라 생각한다.

세계 경제가 마비가 되어 특히 서민들의 생활이 말이 아니다.

너무나 힘든 코로나19 보릿고개라고 대한민국 정부 시에서 긴급 재정 상태가 나랏돈이 1900조이고 그중 40%가 빚으로 제한다 해도 재정건전성이 세계에서 좋은 편이다.

상위 30%를 주지 않는다고 했으나 그 가정을 골라내는 데 돈이 더 들기 때문 국민 모두에게 혜택이 돌아갔다.

그런데 이것도 잠시일 뿐 코로나19로 인해 약 2년은 더욱 경제가 어려울 것이라고 내다보고 있다.

올해는 꽃피는 봄이 즐겁지 않았고 집에서 바이러스가 빨리 약해지기를 기다릴 수밖에 없었다.

정부에서 나온 돈으로 동네 상권이 잠시나마 활성화가 되었는데 계속 소비를 해야 내수가 살아난다고 하는 이야기이다.

음식점이나 마트에서 재미를 조금 본 것 같았다.

성당에도 마음대로 나갈 수 없고 돌아다닐 수도 없어서 답답하기도 했다.

김장할 때 많이 담가서 지금까지 먹었는데 김치찌개 해 먹을 묵은김치만 남아 있어서 오랜만에 열무물김치를 담으려고 알맞게 자란 열무 한 박스를 샀다.

전날에 육수와 양념을 만들어 놓고 열무를 다듬어 깨끗하게 바구니에 씻어서 먹기 좋게 잘라 소금을 뿌려 절였다.

몇 시간 있다 다시 씻어서 물이 빠지자 다라에 넣고 갖은 양념으로 버무려 통에 담았다.

밀가루 풀을 쑤어서 넣었더니 풋내가 나지 않은 것 같았다.

물이 자박자박 있게 담궈서 익으면 비빔국수 해 먹을 수 있게 모처럼 솜씨를 내어 일을 했는데 기분이 좀 풀렸다.

거실 베란다에서 서울 시내를 바라보는 습관이 생겼다.

집이 남향이라 문만 열어 두면 바람이 통해 시원하다.

우리 손주가 태어난 지 백일이 되어간다.

그런데 코로나19 때문에 잔치는 하지 않기로 했다.

이 어려운 시기에 아무 탈 없이 무럭무럭 잘 자라고 있어서 참으로 다행이라 생각하고 고마웠다.

가족이 모여 밥을 먹고 50일, 100일 사진을 찍어서 지영이가 자란 뒤 보여 주기로 했다.

우리 손주가 좀 빠르게 성장하는지 100일 그다음 날 새벽에 깨어서 뒤집기에 성공한 장면을 동영상 찍어 보내 왔다.

그 장면을 보고 또 보면서 재미가 있어 자주 소리 내고 웃는다. 우리 나이에는 이런 재미로 사는 것 같았다.

햇살이 곱게 내리비추인 오월 하순이 되자 마트에 가면 이맘때 나와 있는 매실이 보였다.

나는 알코올이 몸에 받지를 않아서 술을 잘 마시지 못한다.

그런데 매실로 담근 술은 머리가 아프지 않아 조금씩 마신다.

사위는 백년손님이라고 대접하기 위해 밥상에 반주로 술이 있어야 분위기가 좋기 때문 매실과 소주를 사서 배달시켰다.

잘 씻어 식초로 소독하고 바구니에 건져서 물기가 없어지자 상처가 나지 않게 매실 꼭지를 제거했다.

자일리톨 설탕으로 재워 두고 몇 시간이 지난 뒤 도수가 높지 않은 소주를 비율에 맞추어 붓고 밀봉했다.

마음이 넉넉해지고 기분이 상쾌해졌다.

딸과 손주를 태우고 사위가 처갓집에 자주 왕래를 한다.

애기 키우기가 힘들기 때문에 친정에 와서 삼 일 밤을 자고 간다. 나는 애기 우유를 먹이면서 젖병을 소독하고 자주 기저귀를 보고 갈아 주는 등 쉬었다 가라고 한다.

한 주, 두 주 있다 오는데 영상 통화로 자주 보는데도 아이가 부쩍 자라서 오는 느낌이다.

이번에는 딸 다정이의 생일이 다가오는데 집에 왔었다.

지금은 외식을 할 수 없기 때문 미역국, 오리로스, 치킨은 시키고 몇 가지 음식을 해서 상을 차렸다.

동생 다현이가 생일 케이크도 사와서 한가운데에 놓았다.

촛불을 켜고 생일 축하의 노래를 부르고 박수도 나왔다.

"축하한다. 우리 다정이 태어나서 애기 엄마가 된 것을. 지금도 엄마 눈에는 애기로만 보여."

"생일 축하한다. 자기야, 이렇게 사랑하며 살자. 선물."

애기를 낳고 반지가 손가락에 맞지 않아 다시 장만해 생일선물로 주어서 고마웠다.

"신경 써 주어서 행복해. 엄마, 아빠, 자기야, 다현이 고맙다."

반지를 펴서 손가락에 끼어 보는데 딱 맞아서 기분이 좋은 모습을 보니 나의 기분도 좋아 분위기가 무르익었다.

"오늘 아빠가 당부하고 싶은 말은 좋은 일이든 슬픈 일이든 항상 이대로 서로 아끼면서 사랑하고 대화로 살아가기 바란다."

"누나, 매형 보기 좋아요. 나도 사귀는 여자 친구 있어요."

"정말? 언제 자리 한번 마련해 봐."

"알았어. 기다려요. 준비하고 있으니까."

정리를 하고 나니 이윽고 봄이 찾아왔다.

모두가 잠든 밤 베란다에서 서울의 야경을 감상하고 있다.

달은 뜨지 않았는데 멀리서 좀처럼 보이지 않는 별이 보인다.

북두칠성을 찾아보려고 하는데 방향을 잡지 못하겠다.

그만 방으로 들어가 남편 옆에 누워서 깊은 잠을 청해 본다.

8

여행 가기

상큼한 오이 향기가 거실 안에 퍼져서 기분을 환기시킨다.

가톨릭에서 말한 성령은 비둘기도 있지만 역시 불과 바람이라고 생각해 본다.

불과 바람은 명확히 규정되지 않는다는 특징이 있어서 자유롭고 신비로운 성령의 표상으로 그보다 적합한 것이 없다.

어디로 와서 어디로 가는지 모르는 하지만 숨 쉬는 것처럼 크고 작건 어디에나 있는 바람 물질처럼 보이나 실은 물질이라 할 수 없는 물질과 비물질의 경계를 넘실대는 불.

모두 인간의 언어나 지각으로 규정할 수 없는 성령을 이해하는 비유이다.

세상에는 이렇게 존재의 경계를 넘나드는 또 다른 것이 있다.

바로 생물과 무생물의 경계를 오가는 바이러스이다.

살아 있는 숙주에 기생할 때는 생물처럼 증식하고 변이하지만 숙주가 없으면 결정화되어 돌처럼 되어 버리는 그러다가도 다시 숙주를 만나면 활성화되는 그런 것이다.

세균과 많이 혼동할 정도 흔하게 여기고 아주 특별한 주의를 기울이지는 않았던 바이러스가 지금은 전 세계의 지속적인 화제가 되고 위협이 되고 있다.

바이러스 입장에서는 한편으로 억울한 면도 있다.

바이러스가 어떤 의도를 가지고 인간을 공격한 것도 아니고 실험실에서 만들어졌든 자연적으로 발생했든 그저 생겨먹은 방식과 기능대로 움직이고 있는 것뿐인데 한때는 이 바이러스라는 말이 아주 긍정적인 의미로도 자주 사용되었었다.

넓고 강력한 전파력이라는 이미지를 가지고 행복 바이러스, 사랑 바이러스처럼 좋은 것을 널리 퍼뜨린다는 의미로 사용됐었는데 앞으로 바이러스가 긍정적이었던 그 위상을 회복할 수 있을지는 모르겠다.

이렇듯 경계를 넘나들고 어떤 틀로 규정될 수 없는 모호함을 지닌 존재가 바로 청소년이다.

어린이와 어른의 경계를 넘나들고 첫 번째 탄생인 육신의 탄생, 두 번째 탄생인 심리적 탄생의 경계에서 불균형과 불안정을 살아내고 있는 것이 바로 청소년이다.

우리가 정신적 탄생을 생각할 때 '하느님이 정말 계시는 걸까?'라는 질문에 부딪히게 되듯 부모님의 보호 아래 살아가던 이들이 '나는 누구인가?'라는 질문을 시작하는 것이 청소년이다. 그 질문이 시작되었을 때 우리는 어떻게 해야 하는가? 많이 생각해야 할 일들이다.

우리 손주뿐 아니라 지금 태어난 아이들이 우리 어렸을 때와 너무 다르기 때문에 잘 자라기를 기도하며 잠시 생각하는 시간을 가져 보았다.

꽃들이 피었다가 진 그 자리에 녹색 이파리가 자라서 짙은 초록 물결이 일렁거린다.

산의 나무 도심 속의 쉼터에 울창하게 우거져 그늘을 만들어주는 큰 나무들은 땅속의 물을 흡수하여 산소를 만들어 낸다.

도심을 가로질러 유유히 흐르는 강물을 보라 태고 때부터 우리 터전의 젖줄인 한강의 역사는 오천년 서울의 역사는 육백 년이 넘는 수도 약 천만 명 경기도 수도권은 우리나라 국민들이 약 절반이 넘는 인구를 차지한다.

우리나라 전국이 일일생활권으로 소통에는 문제가 없는 문화이다.

우리는 과거 개화해야 할 때를 놓치고 개화를 못해 강대국의 희생되어 지정학적으로 이권을 빼앗기는 일제 36년 비극이 있었다.

2차 세계 대전이 끝나고 해방이 되었으나 체제가 다른 이념이 다른 좌익과 우익으로 갈라지더니 1950년 6월 25일 한국 전쟁이 일어나 많은 인명이 죽고 폐허가 되어버렸다.

상처가 많은 상아의 계절이 되면 언제나 옷깃을 여미고 이때 나라를 위해 희생하신 선열들의 애국정신을 기리고 생각해 보는데 그리고 우리가 가야할 방향을 제시해 보고 내가 해야 할 일은 스스로 찾아서 충실히 해야 한다.

강렬한 태양 볕이 대지에 쏟아져 지구가 뜨거워지기 시작하는 초여름 습기가 없는 시원한 바람에 촉감이 부드럽다.

음악의 멜로디가 흘러나와 마음이 즐거워 흥얼흥얼 콧노래를 부르며 기분 전환을 해 본다.

별이 쏟아지는 해변으로 가요 젊은 이십 대에 많이 불러 본 노래가 지금도 맴도는 이유는 그때의 마음이 지금도 젊기 때문이다.

집안을 정리해 놓고 식탁에 앉아 다시 이어서 글쓰기를 한다.

우리나라는 한국전쟁 내전으로 많은 피해를 보고 아프리카처럼 너무 못살아 원조를 받았던 나라이었다.

지금은 전쟁을 겪었던 부모 세대는 다들 돌아가시고 얼마 남지 않은 분들이 칠십 대 팔십 대가 되었다.

이분들의 노력 없이는 지금의 대한민국이 있을 수 없다고 할 만큼 현장에서 눈부신 발전을 이룩하신 주역들이었다.

전쟁 이후에 태어난 우리 세대에서 산업화가 진행이 될 때 민주화도 같이 이루어져 가장 짧은 시간 안에 근대화를 이루어낸 세계적으로 모범이 된 국가이다.

선진국으로 진입했지만 아직은 느낄 수 없었는데 이번 코로나19 긴급 재난으로 우리 국민들의 의식이 선진대국으로 들어간 높은 단결력, 도덕성을 엿볼 수 있는 것들이다.

우리나라 민주화는 생활 전선에서 일하지 않는 대학생들의 운동으로 시작해 온 국민들로 번져 6.10 민주항쟁을 이루어 이제는 민주화에서 평화로 가는 길목에서 아직 진전이 되지 않은 채 교착 상태로 빠져 있다.

나는 다시 음악을 들으며 오늘 하루를 체크해 본다.

외출을 마음대로 하지 못하기 때문에 지루하기만 한 일상의 활력소가 되는 것은 노래를 듣고 부르는 습관이다.

오늘도 하루가 무사히 다해 간다. 가족을 위해서 저녁을 날마다 준비하는 마음이 넉넉하고 다행이라고 생각했다.

올해는 예년에 비해 장마가 일찍 시작되었다.

장마 전선이 한반도에 오락가락 비를 뿌리는 날이 많아 습도가 높아서 다행이기를 바랐는데 코로나19 확진자 수가 오십 명이 넘을 때도 있고 넘지 않을 때도 있었다.

계속 외출도 못하고 사람들과 모여서 대화할 수도 없어 스트레스가 쌓여 컨디션이 좋지 않았다.

코로나19가 습도에는 약해진다고 했는데 모여서 밥 먹고 찬송 부르고 방문하는 사람도 많아 확진자가 줄지 않았다.

이제 장마가 본격적으로 더 많은 비가 내리니 앞으로 좋아지기를 기대해 보고 조용히 기도를 한다.

성당에 가는 횟수가 줄었는데 문이 열렸기 때문에 성당 마당 나무 그늘에 의자에 앉아서 커피를 마시고 자매님들하고 안부를 묻고 있었다.

"요즈음 어떻게 지내요?"

"마음대로 외출할 수 없고 모일 수도 없어서 음악만 듣고 빨리 잠잠해지길 기다려요."

"백신을 빠른 시간 안에 개발하길 바라요."

"3차 임상 실험을 한다고 하니 곧 나오겠죠."

"안전성을 고려해서 잘하면 겨울로 들어갈 때 나온다고 한다는데 지금으로서는 어쩔 수 없이 조심해야 되겠지요."

커피 한 모금씩 마시며 떨어져 있어 이야기를 나누다가 자매님은 돌아가고 나는 호흡을 마시면서 성모상을 바라보고 우리 인간의 힘으로 할 수 없는 부분을 하느님께 간구하고 기도를 게을리 하지 않겠다고 약속했다.

나는 집으로 돌아와 저녁을 준비한다.

한더위에 먹는 삼계탕과 비슷한 닭백숙을 하려고 재료를 손질하는데 딸과 사위가 온다고 전화가 와서 기분이 좋아 음식 하는 일이 재미있었다.

닭백숙을 한 시간 이상 끓여 완성이 되자 거실에 습기가 많아 환기를 시키고 에어컨을 틀었다.

저녁 시간에 맞추어 모두 들어왔다.

삶은 닭을 쟁반에 가득히 접시를 하나씩 앞에 하고 반찬 몇 가지를 차려 상에 빙 둘러 앉았다.

음식이 먹기 좋게 식어서 손으로 고기를 뜯어 나누었다.

“애기는 나 주고 너도 먹어라.”

“소주 한잔 받으세요, 아버님.”

“매형은 내가 따라 드릴게요. 맥주는 배가 불러서 소주가 나아요. 많이 드세요.”

“예전에는 우리 선조들이 삼복더위라고 더위를 이기기 위해 이런 음식 해 먹고 시원한 물에 발 담그고 독서 삼매경에 빠졌다고 하더라. 그런데 지금은 이렇게 시원한데.”

“고기가 연하고 쫄깃쫄깃하다.”

“닭국물에 밥 먹으면 되겠다. 맛있는 반찬이 여러 가지인데.”

“수박화채도 만들어 놨다. 다 먹은 뒤에 먹으면 되겠구나.”

“엄마, 맛있어요.”

그 뒤 장마가 끝나고 휴가철이 되었으나 즐기기 위해 떠나는 사람들은 거의 없어 시민들이 많이 조심하고 있었다.

나는 아무도 오지 않는 성당의 한쪽에 자리가 마련이 되어 아이스아메리카노 한 잔을 음미하며 앉아 있었다.

한낮에는 더운 열기가 많았으나 소나기가 한차례 쏟아지고 물기가 빨리 마르면서 온도가 약간 떨어져 시원한 바람이 불었다.

다시 하늘이 맑게 개이고 태양은 계속 땅에 푹푹 찌는 듯한 더위를 제공해 가시지 않았다.

오, 하느님, 이 시련이 빨리 끝나기를 겸허한 마음으로 기도를 드립니다.

오고 가는 인정 속에 사회적 생활 속에서의 거리를 두고 규칙을 잘 지켜 그 이전의 상태가 아니더라도 돌아가고 싶다.

코로나19 바이러스 감염증으로 빼앗긴 우리의 일상 그리고 자유롭고 활력이 있는 활동이 아련하고 그리워진다.

오늘 묵상하고 있는 것은 스승이신 예수님의 모습을 강조하는 사람들이 예수님의 제자 되는 길을 걸을 수 있도록 생각해 본다.

'너희는 가서 모든 민족들을 제자로 삼아 아버지와 아들과 성령의 이름으로 세례를 받고 내가 너희에게 명령한 모든 것을 지키게 하여라. 내가 세상 끝날 때까지 언제나 너희와 함께 있겠다' 하는 말씀을 곰곰이 생각해 보았다.

아버지나 어머니를 나보다 더 사랑하는 사람은 나에게 합당하지 않다. 아들이나 딸을 나보다 더 사랑하는 사람도 참으로 어려운 말씀인데 합당하지 않다라는 것이다.

이는 가족들 사이의 유대와 연대, 사랑도 물론 중요한 가치이기는 하지만 하느님 사랑과 같은 범주에 넣을 수 없다는 뜻이다.

오히려 예수님의 제자 됨의 길을 걸으며 가족 사랑을 핑계로 하느님의 사랑을 소홀히 해서는 안 된다는 것이다.

제 목숨을 얻으려는 사람을 목숨을 잃고 예수님 때문에 목숨을 잃는 사람은 목숨을 얻을 것이다.

여기서 목숨이라고 하는 명사는 육체적 생명만을 가리키지 않는다. 이 단어는 영적인 생명 즉 영원한 생명을 지향하는 전인적 생명 존엄한 인격체로서 생명을 뜻한다고 한다.

그래서 단순한 육체적 생명이 아닌 영원한 생명 전인적 생명을 스승 예수님을 위해 기꺼이 내어 놓고 잃을 각오마저 아끼지 않는 제자들은 그것을 발견하게 될 희망의 약속이다.

절망과 피로감 실망과 무기력함으로 지친 일상에서 많은 것들이 상대화되고 부질없이 느껴지는 이 시기에 스승 예수님의 제자 됨의 길을 우리들은 어떻게 걷고 있을까?

이 시기를 전화위복의 계기로 삼아 우리에게 변하지 않는 가치와 놓치지 말아야 할 가치는 무엇인지 돌아보는 시간이 되어야 한다고 생각해본다.

가장 더운 날이 계속 이어진다.

남편은 팔월 초에 휴가를 받아 올해가 환갑인데 가까운 곳에 여행을 가자고 했으나 더위가 좀 가시면 마스크 쓰고 가족이 가서 하룻밤 쉬었다 오자고 했다.

대지 위에 쏟아지는 땡볕 더위가 꽃을 피워 내 열매가 맺어 영글어 가기 위해서 땅속의 영양분을 흡수한다.

이런 날이 이어지다 인내의 시간이 흐르면 달콤한 열매를 키워 때가 되면 우리 앞에 다가와 미소를 짓는다.

오, 신이여, 아름다운 날이 우리 미래에 펼쳐지기를 기도합니다.

더 많은 남국의 햇볕을 내려 주시고 열기가 가실 수 있도록 들에다 많은 바람을 세례를 받은 것처럼 시원하게 해 주소서.

알맹이가 깊은 단맛 속으로 스며들기 위해 알맞은 환경과 온도를 제공하는 자연의 이치에 새삼 숙연해진다.

그렇게 무더웠던 날들이 가려는지 아침저녁으로 제법 시원한 바람이 불어와 지친 몸과 마음을 달래 주는 것 같았다.

우리 아들 다현이가 임용고시 시험을 보아 합격을 해서 중학교 선생님이 된 지 이삼 년이 지났다.

그 치열한 경쟁에서 살아남아 직업을 갖게 된 것이 참으로 다행이고 우리에게 행운이 따라와 복이 된 것이라고 생각한다.

아들이 고등학교에 다닐 때 일 년 후배인 김현정이하고 친했는데 교대를 나와 초등학교 선생님이 되었는데 학교가 같은 방향이라 자연스럽게 알게 되어 사귀는 중이다.

몇 번 집에 데리고 와 만나면 익숙해진 분위기다.

올해는 결혼을 시키려고 계획을 세우고 있었다.

그렇지만 코로나19로 인해 늦추어질 가능성이 있어 아직 나이가 좀 이르다고 생각해서 많이 고려를 하고 있다.

우리 부부가 환갑이라고 가족여행에 합류하기로 했다.

기승을 부리던 더위가 한풀 꺾여서 한결 견디기가 쉬웠다.

개학을 늦게 했기 때문에 학교 근무에 바쁜 가운데도 방학이라고 조금 쉬는데 시간이 나 집에 여자 친구를 데리고 온다 해서 같이 외식하는 기회가 생겼다.

가까운 동네 음식점에서 자리가 마련되었다.

"앉아라. 다들 앉아."

"올케라고 부를게. 말은 많이 들었는데 정식으로 인사해요."

"예, 누님. 편하게 부르세요."

"닭갈비 전문집인데 시킬게요. 닭갈비 육 인분 주세요."

"물수건 먼저 주세요, 여기."

기본적인 것들을 두 테이블에 정갈하게 차려 놓았다.

여러 가지 야채에 갖은 양념을 한 닭갈비가 지글지글 익어갔다.

막걸리 한 잔씩 차례대로 따라서 서로 건배하고 잔을 부딪히고는 마시기를 권했다.

"아버지, 매형. 다음 주 여행 우리도 같이 가요."

"그래. 처남 가족이 다 같이 가야 의미가 있지."

"지영아, 할머니에게 오너라. 엄마 먹게 해야지."

"다 먹은 뒤 볶음밥도 먹어요."

"오랜만에 외식을 하니까 잠시 스트레스가 풀리는 것 같다."

기분전환을 하자 그동안 막혔던 숨통이 트여 조금은 살 것 같았다.

집에 돌아와 차 한잔 마시는 여유가 있어 다행이었다.

가까이에 있는 공원에 바람 쏘이려고 산책을 한다.

예년에 피었던 자리에 코스모스가 하늘하늘 한 송이씩 피어나기 시작해 다가올 가을을 예고했다.

언제나 계절이 바뀐다고 알리는 빨강 고추잠자리가 공중에서 맴돌며 날아다닌다.

맑고 높은 하늘이 파랗게 뭉게구름이 두둥실 떠다니는 모습을 보려고 나온 사람은 드물게 있어 한가로운 풍경이다.

넓은 창공을 자유롭게 나르는 새들의 자유를 감상하는데 문득 그 아래 숨어서 핀 가을꽃을 발견하였다.

클로버도 그 옆에 무더기로 많이 몰려 있었다.

나는 어렸을 때 행운의 네잎 클로버를 찾으면 행운이 따라온다는 말을 지금도 기억하고 있어서 마음이 설렜다.

오늘도 자연을 가까이하면서 예수님 말씀을 하며 예수님 말씀을 생각해 보았다.

목마른 자들아, 모두 물가로. 돈이 없는 자들도 와서 사 먹어라.

돈 없이 값 없이 술과 먹을 것을 사라고 하셨다.

우리는 쓰디쓴 역경 중에 있는 당신의 백성을 하느님께서는 영원한 계약에로 부르시고 영원한 생명으로 초대하신다.

세상에서의 고단한 현재를 통과하고 있는 오늘의 우리에게 건네시는 말씀이기도 하다.

너희는 어찌하여 양식도 못 되는 것에 돈을 쓰고 배부르지도 못하는 것에 수고를 들이느냐. 결국은 다 지나면 썩고 마는 세상. 모든 것 양식도 못 되고 배불리지도 못하는 것들이 아니라 하느님께서 직접 주시는 좋은 것, 좋은 음식이다. 곧 영원한 구원을 구하려고 우리를 초대하신다.

우리가 현재 통과하고 있는 난간들과 역경들이 쓰리고 힘들지라도 결국 십자가에 돌아가신 우리를 사랑하신 우리 주 그리스도 예수님에게서 드러난 하느님의 사랑이 늘 우리와 함께 있음을 말씀하신다.

십자가에서 돌아가시고 우리를 용서와 사랑을 해 주시는 예수님의 성체의 빵을 통해 우리에게 오신다.

우리들은 세상 안에 살면서도 세상에 동화되지 않고 하느님의 나라를 건설하라고 당신의 성체빵으로 우리를 배부르게 하시며 우리를 영원한 생명에로 초대하신다. 그리고 성모님의 헌신과 희생이 더욱 절실하게 다가온다.

어머니는 그 고통을 감내하고 평생을 혼신의 힘으로 모든 사람을 위해서 기도하고 일하셨다.

벤치에 앉아 잠시 예수님을 묵상한 뒤 돌아왔다.

팔월 중순에 장마가 끝나고 폭염이 몰려온 후 철이 늦은 것 같은 느낌이다.

여름이 물러갈 즈음 우리는 구 인용 승용차를 빌려 타고 가족 여행을 떠났다.

가까운 가평으로 아침 일찍 떠나 동물원이 있는 수목원 또 남이섬을 구경하기로 스케줄을 짜서 움직이기로 했다.

먼저 수목원을 다녀와 점심을 먹고 펜션 안에 가족만이 들어갈 수 있는 수영장에서 물놀이를 하고 놀았다.

저녁에는 시장을 봐서 사 온 재료로 고기를 구워서 먹고 가족이 유쾌하게 시간을 보냈다.

다음 날은 해물을 넣고 라면을 끓여서 국물로 해장을 했다. 그리고 출발해서 남이섬의 촬영장을 돌아보았다.

지금은 사람들이 오래 살기 때문 회갑 잔치를 하지 않고 가족 여행을 가서 추억을 새기는 시간을 갖는다.

손주 지영이와 같이 처음으로 뜻깊은 여행이라 행복했다. 날씨가 많이 시원해졌으나 낮에는 더운 느낌이 남아 있었다.

다시 일상으로 돌아와 자기가 하고 있는 일을 열심히 하고 쉬고 놀 때는 재미있게 노는 것이 정신 건강에 좋다고 생각하고 실천하는 사람 중에 한 사람이다.

짙은 녹색 이파리는 여름을 보내면서 더욱 색깔이 짙어서 퇴색 빛이 되어가는 빛으로 반짝인다.

구월이 오는 소리 들으며 어디에선가 불어오는 바람에 과일이 익어 가는 단맛의 향기가 코끝을 자극한다.

들에다 많은 바람을 놓고 여름날의 해시계 위에 그늘이 시원함을 부르는 연가가 귀에 익어 아름다운 젊은 날을 생각하는데 시간 가는 줄 몰랐다.

맑게 갠 하늘은 높고 푸르기만 한다.

언제나 베란다에서 바라보는 관악산은 얼마 전까지만 해도 녹색 빛으로 보였는데 지금은 빌딩이 들어서 앞을 가로막고 있다.

서울은 발전이 많이 되어 있어서 인구가 너무 많아 집값이 올라가기 때문 젊은 사람들이 현실의 벽이 생겨 결혼을 생각하는 젊은이들이 줄어들어 애기를 낳은 사람이 적다.

부양할 사람은 많은데 일할 사람은 적다는 소리이다.

앞으로는 인공지능 로봇이 나와 일을 많이 해서 돈을 벌어 사람들을 먹여 살린다는 말도 나왔다.

　사람들이 가지고 있는 직업을 빼앗을 그런 우려도 있는데 사람들이 잘 사는 데 이용해야지 못살게 하는 데 쓰이지 않도록 정치를 잘하기를 이러한 생각도 한편으로 해 보았다.

9

자기 생활

비가 많이 내린 뒤 많은 햇볕을 받고 열매들이 익어 가는 풍성한 계절이 찾아오는 것 같아 기쁨이 매우 컸다.

죽음은 모든 인간에게 두려움의 대상이다. 죽음은 인간의 모든 것을 한순간에 물거품으로 만들어 버리고 공포에 떨게 한다.

그런데 죽음을 이긴 분이 있다. 그분이 바로 우리의 주 예수님이시다.

예수 그리스도는 죄인들의 구원을 위하여 십자가에서 자신을 바쳤다.

하지만 예수님께서는 죽음이 끝이 아니었다.

자신을 온전히 내어 놓은 그분의 사랑은 결국 죽음을 이기고 부활하여 영원한 생명을 주셨다. 우리도 참여할 수 있는 특권을 받았다. 하느님은 외아들 예수 그리스도의 죽음과 부활로 나약하고 죄 많은 우리 인간을 구원해 주셨다.

죽음 너머 영원한 생명에 대한 희망을 간직하였기에 고통을 겪으면서도 낙담하거나 절망하지 않는 이들이 있었다.

예수님의 부활로 모든 인간 생명이 풍요로워졌지만 안타깝게도 아직 우리 사회에서는 다양한 형태로 생명이 억압받고 있다.

만연된 물질주의가 부자와 가난한 사람들을 갈라놓고 있다.

우리 사회 곳곳에 죽음의 세력이 그럴듯한 논리와 이론으로 포장되어 점점 더 힘을 얻고 있다.

경제적으로 소외되고 고통받은 이들 중 견디다 못해 극단적인 선택을 하기도 한다. 죽음의 세력은 경제적 이유로 자유와 자율의 이름으로 행복을 추구한다는 명목으로 생명을 억압하고 소멸시키고 있다.

죽음의 문화에 저항하기 위해서는 말이나 구호에 그쳐서는 안 되며 생명을 위해 봉사하고 희생하며 구체적인 노력을 해야 한다.

오늘날 우리 시대의 사람들은 온갖 희생을 감수하고 각자의 가정에서부터 우리가 있는 자리에서부터 죽음이 아닌 생명을 선택하고 인간의 생명을 존중하고 보호해야 할 것이다.

어려운 이 시기에 예수님의 말씀을 곰곰이 생각해 보았다.

이 나이에 이루어 놓은 것이 무엇인가 담담한 마음으로 지나온 세월이 어렴풋하게 생각이 나 상념에 빠져 보았다.

옛날 여고 시절에 문학에 대한 꿈이 시작되었다.

단발머리에 하얀 칼라가 달린 교복을 입고 산기슭에 학교가 세워져 조잘거리며 오르내리던 그 시절이 아련히 떠오른다.

지금은 무엇을 하고 있을까 그리운 친구들 이렇게 많은 시간이 흘렀는데 만나 보고 싶다.

그때로 돌아갈 수 없는 아쉬움이 많이 남아 이렇게 써 본다.

산들바람이 불어와 열어 놓은 창문을 통해 소식이 들리는 듯 귀를 세우고 먼 하늘만 바라본다.

제트비행기가 포물선을 그리며 긴 연기를 내뿜으면서 빠른 속도로 날아가는 것이 시야에 들어온다.

그 아래 먼 창공에는 보기 귀한 제비가 자유롭게 날아다닌다.

참새도 날아가는 모습이 눈에 보인다.

저런 새들은 누가 돌보지 않아도 살아간다. 그런데 하물며 만물의 영장인 사람은 하느님께서 돌보아 준다.

우리가 할 수 있는 것은 우리 힘으로 하게끔 하시고 인간의 힘으로 할 수 없는 것은 기도로써 도와주신다.

지금 당장 이루어진 것이 없다고 불평할 것이 아니라 최선의 노력을 하고 때가 되면 도와주셔서 이루고 채워 주신다는 것을 믿고 성당에 바람을 쏘이기 위해서 나갔다.

이번 주에는 잘 가꾸어진 들국화 화분들이 줄지어 진열해 놓았다.

성당 마당 성모상 앞 가득히 놓인 가운데에 있는 벤치에 앉았다.

성모상을 바라보는 마음이 정말 간절했었다.

카페에서 사 온 커피 한 잔을 마실 수 있는 여유가 있었다.

나는 비타민 D를 받기 위해 햇살을 쬐었다.

시원한 가을바람에 깊은 호흡을 한다.

다소 기분이 전환되어 아름다웠던 그때를 생각한다.

짝 찢어진 청바지에 티를 입고 운동화 신고 한쪽에는 긴 가방을 메고 책을 손에 드는 대학생 때의 나의 모습이 눈에 선하게 떠오른다. 운동권 학생이었다.

넓은 운동장 나무가 많은 교정 노천극장 앞에서 음악을 틀어놓고 춤추고 노래하면 학생들이 몰려들었다.

많은 학생들을 모아 놓은 후 학생회장이 나와 연설하면서 구호를 외치고 한두 시간 시국을 논하고는 모였다 흩어지기를 반복하는 데모를 할 때 나도 참석했던 기억이 생생하다.

지방 대학을 나와 서울로 취업하고 고향에 내려가는 횟수가 일이 바쁜 관계로 줄어들면서 서울 학생들이 데모하는 모습을 지켜보기만 했었다. 그리고 뒤에서 따라 다녔다.

나는 어려서부터 글쓰기, 연설, 노래를 잘한다고 칭찬을 많이 받고 자랐다. 그중에 글쓰기를 너무 좋아하고 지금 하고 있는 일인데 아직 빛을 보지 않았으나 앞으로 긍정적으로 잘될 거라고 사회가 돌아가는 것을 유심히 지켜보고 있다.

더운 열기가 완전히 가신 기분 좋은 바람이 피부를 스친다.

물가가 홍수로 인해 들썩이며 오른다는 말에 다들 신경을 곤두세우고 예민해져 있다.

나는 자리에 일어서서 마스크를 고쳐 쓰고 시장으로 향했다.

재래식 우리 시장에서 고등어, 무, 감자, 과일들을 샀다.

언제나 금요일에는 마트에서 일주일 먹을 수 있는 시장을 보는데 오늘은 가장 서민들의 밥상에 오르는 고등어조림을 하기 위해서 냄새를 없애기 때문 소주도 샀었다.

먹음직스럽게 양념을 해서 끓이는 냄새가 집안에 가득했다.

나는 이렇게 직장에 복귀하지 않고 아이들을 키우면서 전업주부로 글쓰기를 해 왔다.

퇴근시간이 되자 남편이 귀가를 하고 아들은 데이트를 하는지 늦게 돌아오는지라 둘만의 시간을 가졌다.

　전형적인 가을 날씨가 우리 앞에 펼쳐져 눈을 아름답게 만든다.

　올해는 긴 장마로 인해 철이 늦어지는지 뜨거운 가을볕에 열매가 익어 가는 소리가 들리는 것 같았다.

　예년보다 익어 가는 소리가 들리는 것 같았다.

　예년보다 늦게 우리 고유 명절인 추석이 가까이 다가온다.

　경제가 마비된 가운데도 이날만큼은 풍성하게 보낸다.

　나는 자주 하늘을 바라보는 습관이 있었다.

　우리나라의 가을 하늘은 세계에서 가장 아름다운 색깔이라고 생각한다. 가끔은 있겠지만 백의민족이라 흰옷을 좋아하는 정서를 가지고 있어서 우리나라가 자랑스럽다.

　더도 말고 덜도 말고 한가위만 같아라, 하는 옛말이 있다.

　맛있는 음식을 만들기 위해 미리 시장을 보았다.

　양념한 고기를 재워 두고 나물과 햇과일도 넉넉하게 샀다.

　사돈댁에도 선물을 보내자 아이들을 통해 선물을 또 보내 왔다.

　추석 연휴가 있어 전날 점심을 시댁 식구들과 먹고 아이가 있어 친정이 편한지라 저녁을 먹기 전 일찍 와서 쉬라고 우리 부부가 재롱 보면서 손주와 놀아 주었다.

　저녁 시간이 되어 장만한 음식을 한상 가득 차렸다.

　둘러앉아서 약주를 따르면서 말을 한다.

　"아버님, 반주로 한잔하세요. 처남도 받아."

“언제나 추석처럼 풍성했으면 좋겠어요. 다들 어려운데.”

“실업자가 많이 늘어나고 장사가 안 되는데 물가가 높아 서로 아우성이다. 회사는 그런 대로 일부에서 수출이 된다.”

“이 시기를 슬기롭게 이겨 내야 의식이 선진국에 들어갔다고 생각한다. 우리 국민들은 해낼 거야.”

“나는 육아수당이 나와요. 그런 혜택이 있어서 괜찮아요.”

“이번 상여금이 조금 나왔어요. 월급은 다 나왔는데.”

“문 닫는 곳이 있는데 다행이다. 매형 월급은 적은데 우리는 틀림없이 나와서 안정적이여요.”

밤늦도록 즐기다가 자기 방으로 들어가 깊은 잠이 들었다.

다시 코로나19가 수도권에 확산되어서 정신적으로 힘들었다.

다행히 확진자 수가 줄어들어 한숨을 돌리고 놀이터 벤치에 앉아 가을 햇볕을 받고 있었다.

나는 문○○ 대통령님 팬으로써 소통을 하기 위해 편지를 많이 썼는데 다시 나의 꿈을 이루기 위해 펜을 들었다.

문○○ 대통령님께.

안녕하십니까? 문재인 대○○님.

임종석 비서실장님이 계실 때에 많은 편지를 보낸 민주주의 세계 평화 통일 문학 한류 작가 김영애를 지금도 기억하고 계실지 모르겠습니다.

저는 문○○ 대통령님 팬으로 보이지 않는 1등 공신이라고 생각합니다.

5.18을 다룬 실화 소설로 시민의 편에서 쓴 민주화 운동 영화 또 대통합 동서 화합을 위해 망월동을 교정해서 《우리 마음속에 핀 진달래 철쭉꽃》이 나왔다는 것도 잘 알고 계실 것이라고 생각합니다.

그런데 한·미 FTA 한류 분야(영화, 문학작품, 가수, 가요, 드라마, 배우)에 들어가기 위해 피나는 노력을 해 왔으나 여소야대였기 때문 국회 통과를 할 수가 없어서 저의 꿈을 이루지 못했습니다.

2017년 나온 세 권의 소설을 발표해 어느 정도 팔려서 우리 것 문화 보존 진흥 협회의 총재 국민 MC 송해 씨가 준 제20회 세종문화 대상을 받았습니다.

그리고 영화를 찍고 싶었으나 2003년 박○○ 전 대통령이 그때 한나라당 대표였을 때 5.18 문학을 명예 훼손한다는 이유로 금지한다는 내용을 건의해 다수결의 원칙으로 통과해 국회법과 방송법으로 막아 놓아서 찍지를 못했습니다.

그동안 10.16 부마항쟁, 5.18 민주화 운동, 6.10 민주항쟁, 촛불 혁명 등 민주주의를 헌법 전문에 싣는다는 안건이 있었지만 이루지 못했으나 이제는 이룰 수 있다고 말할 수가 있습니다.

2020년 4월 21대 국회의원 총선에서 여당의 압승으로 제가 이제까지 이루지 못한 것을 나는 잘할 수 있다라는 긍정적인 생각으로 또다시 도전하는 비장한 결심을 하고 다시 펜을 든 것입니다.

문○○ 대통령님 제발 도와주십시오.

대통령님 취임 연설 중에 '기회는 평등할 것이다. 과정은 공정할 것이다. 결과는 정의로울 것이다'라는 내용을 지금도 기억하고 있습니다.

국민의 한 명이라도 차별당하지 않는 포용 국가 공정하고 정의로운 대한민국을 만드신다는 문○○ 대통령님의 말씀을 생각하고 다시 용기를 내었습니다.

이 세 권의 소설을 영화로 찍을 수 있도록 문화체육관광부 예술정책과에 지시하셔서 저의 꿈이 현실로 이룰 수 있도록 도와주신다면 대단히 감사하겠습니다.

저는 문○○ 대통령님의 영원한 팬입니다. 새롭게 맞이하는 올해는 60번째 맞는 환갑으로 저에게 다가왔습니다.

평생 문인으로 세계 평화 통일 문학을 하면서 선구자 역할을 스스로 맡아서 하는데 꿈을 현실로 이룰 수 있는 기회를 잡을 수 있도록 도와주십시오.

2018년, 이 년 전 가을까지 많은 편지를 보내고 다시 용기를 내어 정성 들어 편지를 보내니 이번에는 꼭 이루어지도록 간절히 두 손 모아 하느님께 기도를 드리고 이만 글을 맺을까 합니다.

국회가 여대 야소가 되어서 자유가 풀릴 것이라는 긍정적인 생각으로 세 권의 소설책을 인터넷 교보문고에 들어가 보시고 영화를 찍을 수 있게 도와주신다면 방송에 나와 선전하게 해 주신다면 대단히 감사하겠습니다.

문재인 대통령님,

그럼 안녕히 계십시오.

문○○ 대통령님께.

안녕하십니까? 문○○ 대통령님.

저는 문○○ 대통령님의 보이지 않는 1등 공신으로서 5.18 민주주의 세계 평화 통일 한류 문학을 스스로 맡아서 하는 작가 김영애를 지금도 기억하고 계십니까?

저는 문○○ 대통령님 팬으로써 꿈을 현실로 이루기 위해 피나는 노력을 계속 해 왔습니다.

99% 노력을 하고 1%로는 제 마음대로 하지 못하는 영역에서 문재인 대통령님의 도움을 받기 위해 다시 펜을 들었습니다.

지난번 편지가 문화체육 관광부로 이송이 되어 영상 콘텐츠 산업과에서 긍정적인 생각으로 세 권의 소설 내용을 바탕으로 영화 제작을 추진할 경우 영화진흥위원회와 다양한 제작 지원 프로그램의 대상이 양지할 수 있다고 편지가 왔습니다.

단도직입적으로 쉽게 말해서 문화체육 관광부 담당하시는 과에 지시하셔서 구체적으로 영화를 찍을 수 있게 허가해주시고 텔레비전의 다양한 프로에 나와서 선전할 수 있게 해 주시고 만약 영화를 찍은 다음 상영은 성수기 때 해 주신다면 대단히 감사하겠습니다.

코로나19 긴급 재난에 잘 대처하시는 문재인 대통령님의 타고난 지도력에 깊은 감사와 무한한 박수를 보냅니다.

문재인 대통령님의 취임 연설 중에 '기회는 평등할 것이다. 과정은 공정할 것이다. 결과는 정의로울 것이다' 국민 한명이라도 차별당하지 않는 포용국가 공정하고 정의로운 대한민국을 만드신다는 문재인 대통령님의 말씀을 다시 생각하고 다시 용기를 내어 편지를 보냅니다.

저는 문재인 대통령님의 영원한 팬입니다.

이 일로 세종시 담당하시는 과에 방문하면 저의 꿈을 이룰 수 있는 기회를 잡을 수 있도록 제발 도와주십시오.

저는 문○○ 대통령님의 성공을 위해서 제가 할 수 있는 분야에서 최선의 노력을 다하겠습니다.

대단히 감사합니다.

그럼 문○○ 대통령님 안녕히 계십시오.

p.s. 코로나19 때문에 찍어 놓은 영화 상영 등 모든 것이 미루어져 이제야 편지를 보내게 됐습니다.

저의 꿈이 현실로 이루어질 수 있도록 구체적으로 도와주신다면 대단히 감사하겠습니다.

만약 영화를 찍게 된다면 다시 편지를 드릴 터이니 담당하시는 과에 지시하셔서 텔레비전 프로에 나와 선전할 수 있게 해 주신다면 제가 스스로 맡은 세계 평화 통일 문학을 충실히 수행해서 나라 발전에 기여하도록 최선의 노력을 다하겠습니다.

대단히 감사합니다.

계속 늦더위로 한낮에는 기온이 오르고 해가 지면 시원해지기를 반복하더니 산에는 단풍이 들기 시작한다는 보도가 나와 산에 오르는 사람들이 있었다.

햇볕을 많이 받은 순서대로 옷을 갈아입는 멋있는 단풍이 수채화로 그림을 그리듯이 번져 가는 모습을 선물한다.

가끔 시월에는 쉬는 날이 많아 가장 좋아하는 문화의 달이기도 하다.

산들바람이 불어와 열매가 익어서 추수할 때 느끼는 풍족한 마음이 피부에 닿아 기분이 좋아졌다.

나는 매사에 긍정적인 생각으로 임한다.

그래서인지 정서적으로 안정이 되어서 계속 일을 하게 된다.

문화생활을 즐기기 위해 코로나19 때문에 보러 갈 수 없었는데 기회가 와서 티켓을 구입했다.

혜화동 대학로에 나왔는데 한산한 거리에 사람들이 거의 없었다.

우리 부부가 찾아간 곳은 조그마한 소극장이었다.

매점에서 커피 한 잔씩 사서 앉아 있으니까 남편이 갖고 와 향기를 음미하고 있었다.

"오랜만에 이런 시간을 보낼 수 있어서 좋아요."

"빨리 예전처럼 돌아가고 싶어요. 그럴 수 있겠지."

"커피 맛이 유난히 끌려요. 이런 자유와 낭만이 있어야 숨 쉬고 사는 의미와 재미가 있는 거지."

"도심 속에도 단풍이 들어가는 모습을 보았어요. 지루하다고 느꼈는데 벌써 가을이라는 것이 생소해요."

"여보, 나는 계절을 타나 봐요. 밥맛도 없고 힘이 빠지는 것 같아."

"힘내, 다정이 엄마."

"그래요. 좀 있으면 좋아지겠지."

모두가 지칠 대로 지쳐 있는데 이런 시간이 우리에게는 위로라고 생각하고 애틋한 마음으로 서로에게 힘이 되었다.

소극장에 들어가 서로 거리를 두고 마스크를 착용하고 앉았다.

예전에 히트 친 대중가요를 무대에서 가수가 나와 노래를 부르면서 잠시 피곤한 마음을 잊었다.

그리고 다시 힘을 얻어 이 어려운 시기를 헤쳐 나갈 용기가 되었다.

감미로운 음악의 선율로 굳센 기운을 얻고 돌아오는 발걸음이 가벼웠다.

두 시간을 감상하는 느낌으로 긴 여운이 남아 생각이 밝아졌다.

다시 이런 일이 없었으면 하는 마음이 간절했다.

집에 와서 음식점에 가지 않고 배달음식을 시켰다.

족발 절반, 보쌈 절반씩 포장을 해서 뜯어 놓고 야채와 쌈장 막국수까지 식탁에 차려 놓고 집에서 담가 놓은 달콤한 과일주를 주거니 받거니 하면서 마셨다.

아파트 앞마당 화단에 나무들도 단풍이 들어 잠시 어려운 시기에 처해 있는 사람들을 위안으로 삼고 조금만 더 참고 힘내라는 일상이 되었다.

그런데 어느 날 백신이 나와서 맞기 시작했다는 뉴스가 텔레비전에서 흘러나왔다.

얼마나 기다리는 소식이던가.

나는 기저질환이 있어서 보통 사람들보다 먼저 백신을 맞을 수 있다는 문자가 와서 기다리고 있다.

완전히 전환되어 기분이 너무 좋아 콧노래가 흥얼흥얼 절로 나와 업이 되었다. 이런 느낌은 처음이었다.

서로 마음이 들떠 있어 설레기 시작했다.

나는 문학으로 일관된 삶 속에서 40년 동안 노력해 온 소설을 영화로 찍을 수 있는 꿈을 현실로 이루게 되었다.

코로나19에서 자유로운 생활이 되자 이번 국회의원 총선에서 압도적인 승리로 문○○ 대통령 비서실로 편지를 했는데 반영이 되어 채택이 되었다.

너무나 감개무량하고 가슴이 벅차올라 코끝이 찡해졌다.

자기 생활에서 자기와의 싸움에서 이겨 낸 것이다.

나는 산뜻한 기분으로 새 마음 새 사람이 되어 성당으로 향했다.

이맘때 피는 가을꽃이 환하게 웃고 있었다.

은행잎이 노오랗게 물이 들어 우수수 알맹이가 떨어졌다.

세상이 어두운 그림자에서 벗어나 광명의 빛으로 밝아졌다.

이제 제자리를 찾아가 맡은 일에 충실해야 될 때이다.

우리는 참아냈다. 바이러스와 전쟁에서 이겨 냈다.

인간의 힘으로 할 수 없는 것은 신의 영역이라고 생각했다.

인간과 동물 사이에서 생겨난 코로나19를 우리 힘으로 항체를 생성해 자신을 보호할 수 있어서 참으로 다행이다. 만약 독감처럼 맞게 되더라도 말이다.

성당과 이어진 나무가 우거진 쉼터에도 단풍은 붉게 타올랐다.

예년보다 올해가 더 아름답게 보였고 이 자유가 소중했다.

높은 나뭇가지에 새들의 둥지가 보였다.

이 아름다운 모습을 바라보는 마음에 다시는 이런 일들이 일어나지 않게 해 달라고 두 손 모아 감사기도를 드렸다.

10

퇴직

서늘한 바람이 불어와 옷깃을 스친 기분 좋은 만추가 펼쳐진다.

하느님은 우리를 사랑하신다. 우리 한 사람, 한 사람이 행복하기를 바라신다. 우리 인간은 하느님을 떠나서는 행복할 수 없다. 그래서 행복의 원천인 당신 곁에 우리가 머물도록 계명을 주셨다.

우리가 분노에 굴복해 폭력의 길에 들어서지 않으려면 겉으로 행사되는 폭력뿐 아니라 마음속 폭력까지 거부할 수 있어야한다.

아예 마음 안에 적개심이 자리 잡지 못하게 말이다.

칼로 찌르는 것만 살인이 아니다.

중상과 비방으로 타인의 인격을 훼손하고 괴롭힘과 악플로 생기를 잃게 해서도 안 된다.

다른 사람의 인격과 생활을 존중하는 것은 참으로 중요하다.

그 모든 게 하느님에게서 비롯된 것이기 때문이다.

살인도 마다 않는 광기와 폭력 드러나면 죄가 되고 드러나지 않으면 능력이 되는 부조리한 현상에 개탄하긴 어렵지 않다. 하지만 정작 우리의 삶은 그런 불합리한 모습에서 얼마나 자유로울까?

끓어오르는 분노와 적개심을 법이라는 제도 뒤에 감추어 두는 것은 하늘나라에 초대된 제자에게 어울리지 않다.

예수님의 제자는 좀 억울해도 먼저 나서서 용서하고 화해할 너그러운 마음을 안고 있어야 한다.

예수님은 당신 자신을 희생 제물로 우리에게 내어 주셨다.

핵심은 사랑이기에 사랑을 외면한 계명, 사랑 없이 지키는 계명은 의미가 없다는 것이다.

사랑에서 우러나 자발적으로 화해하고 정직하기란 그저 규칙을 따르는 것보다 더 어렵다.

바보 취급 받지 않으려면 일단 목소리를 높이고 봐야 하는 요즈음에는 그렇다고 생각한다.

하느님은 우리를 자유롭게 창조하셨기 때문 사랑하는 사람은 하느님께서 주신 자유를 살아낼 수 있다.

충실하게 사는 것은 우리 뜻에 달려 있다고 다시금 생각해 본다.

전국을 곱게 물이 든 단풍은 하나둘 낙엽이 되어 떨어진다.

가을이 깊어 가면 언제나 나무이파리는 갈색으로 변해 우수수 떨어져 뒹구는 모습을 보면 허전한 마음이 든다.

이맘때에는 바바리 옷을 입고 청바지 차림으로 외출을 한다.

거리에 부는 찬바람은 가로수 밑에 떨어진 가랑잎을 이리저리 날아다니게 한다.

땅에 떨어진 낙엽을 밟으며 시내 여러 곳을 돌아다닌다.

시든 낙엽 밟는 소리가 들리는가? 시어를 읊으며 가는 곳은 많은 책을 진열해 놓은 서점이다.

한 바퀴 돌아 신간이 놓여 있는 자리에서 제목을 보고 한두 권 고른다. 서로 보아 달라고 아우성인 것 같았다. 계산대에서 지불을 하고 서점을 나온다.

나무가 많은 곳에 낙엽이 쌓여 있었다.

그 옆 카페가 있어서 마음이 끌리는 대로 들어가 창가에 앉아 있었다. 잔잔한 음악이 흘러 분위기가 좋았다.

따끈한 커피를 앞에 놓고 한 모금씩 마시면서 책을 본다.

잠시 음악을 감상하다 마지막 커피를 마신 후 일어나서 밖으로 나오자 싸늘한 바람이 얼굴을 스친다.

잿빛 하늘에 첫눈이 내릴 것 같은 우윳빛 날씨가 을씨년스럽다.

그런데 겨울을 재촉하는 비가 내린다.

촉촉이 젖은 낙엽은 비에 으스러지고 부서져 거리에 이리저리 뒹구는 낙엽, 멋이 있다고 생각하나 미화원 아저씨의 손에 의해 말끔히 치워져 깨끗해졌다.

아들이 결혼한다고 날짜를 잡았다.

남자 쪽에서는 신혼집만 마련하면 되고 준비하는 것은 여자 쪽에서 하는 것이 많기 때문에 순서대로 진행되었다.

쌀쌀한 가을 날씨는 겨울로 향해 갔다.

그런데 우리 집은 경사가 나서 들썩거렸다.

같은 길을 걷게 된 아들과 직업이 같은 만족한 며느리를 보게 되어서 마음속으로 매우 기뻤다.

이렇게 자라서 결혼한다니 감회가 새롭다.

이제 내가 할 일은 다 한 것 같다. 아직은 넓은 생각으로 젊은 나이다.

백화점에서 예복을 사고 한복도 색깔에 맞추어 어울리는 디자인으로 새롭게 만들기도 했다.

예전처럼 함을 팔러 간다고 친구들과 떠들고 시끄럽게 놀던 것은 없어지고 처가에 예물을 청실홍실 엮어 상자에 넣어서 메고 들어가 저녁을 먹은 뒤 집에 돌아와서 마지막으로 부모님께 인사하는 시간을 가졌다.

"어머니, 아버지. 이렇게 낳아 길러 주서서 감사합니다. 이제 새 가정을 이루어 부모님 기대에 어긋나지 않게 잘 살아가겠습니다. 걱정 끼쳐 드리지 않도록 잘하고 살겠습니다."

"아들아, 첫째는 가정이 화목해야 일도 잘된다. 당부하고 싶은 말은 책임지고 잘 살아라."

"한 여자를 아내로 맞이하니 사랑하고 아끼고 살아가도록 해라. 지금은 폐백도 없어졌으니 며느리가 딸이 될 수 없으나 신혼여행 다녀오면 따뜻한 말이라도 해 주련다. 웃음꽃이 피는 가정을 만들려면 서로 노력해야 한다. 아들아 일찍 눈을 붙이고 일어나야 내일 스케줄이 즐거울 거다."

"예, 안녕히 주무세요."

다음 날 맑고 쾌청한 아침 세수를 하고 한복은 챙겨들고 부모님은 따로 화장을 하기 위해 예식장 안 미용실로 들어갔다.

입구에서 곱게 차리고 손님들을 맞이하였다.

이윽고 식순대로 결혼식이 진행되고 비디오를 촬영했다.

가족사진, 친구들과의 사진을 찍고 부케를 신부가 던지는 등 모든 사람들의 축복을 받고 신랑 신부가 새 가정을 만들어 탄생이 되어 지인들이 축하를 해 주었다. 오늘은 뜻깊은 좋은 날로 오래도록 기억이 될 것이다. 너무 흐뭇하고 기분이 매우 좋았다.

이렇게 딸과 아들을 독립을 시켜 우리 부부는 홀가분했다.

나는 자식들이 잘되기를 바라는 마음으로 기도를 드렸다.

예수님은 양을 위하여 자기 목숨을 내어 놓은 착한 목자이시다.

그분은 당신을 닮은 목자를 보내 주시오. 우리들을 보살펴 주신다.

착한 목자는 주님께 대한 굳건한 믿음에서 그분의 사랑을 우리들에게 전하신다.

하느님께 대한 굳건한 믿음에서 그분의 사랑을 우리들에게 전하신다.

하느님께 대한 굳건한 믿음과 충절로 이 모든 어려움을 이겨 내셨다. 하느님께서는 믿음을 지키려는 아들을 홀로 내버려 두지 않으시고 성령을 통해 도움을 주신다.

성령께서는 이들의 마음에 하느님의 사랑을 부어 주시어 환난 중에서도 인내와 끈기 속에서 희망을 잃지 않게 해 주신다.

성령의 도움으로 그때그때 필요한 말씀을 하실 뿐만 아니라 자신을 혹독하게 문초하는 이들을 미워하지 않고 축복을 빌어주셨다. 문초하는 이들을 미워하지 않고 축복을 빌어 주셨다. 문초하는 사람께서 내가 하느님을 사랑하기 때문에 이런 형벌을 당하게 해 주시니 감사하다.

그리고 우리 하느님이 이런 은공을 갚고자 당신을 더 높은 관직에 올려

주시기 바란다.

주님께 대한 믿음과 충절에서 자신의 목숨을 내놓는 사랑을 실천했던 모든 사람들 현대인들은 자아성취에는 열을 올리지만 자신을 내어 놓은 사랑을 구체적으로 보여 주는 본보기가 어느 때보다 필요하다.

오소서. 성령님 하느님의 백성을 사람들에게 넓은 마음을 주소서. 침묵 가운데 힘차게 타이르시는 주님의 말씀을 귀담아 들으며 온갖 불미한 야심과 덧없는 인간 경쟁을 전혀 모르는 마음 거룩한 말씀만을 걱정하며 예수 그리스도의 마음을 닮아보려는 넓은 마음을 주소서.

어떤 희생이 요구되더라도 끝까지 항구하며 그리스도의 심장과 고통을 같이하고 겸손과 충실과 용기로 하느님의 뜻을 실천하며 거기에서 유일한 행복을 찾는 넓고 강한 마음을 주소서.

이제 우리 부부는 무엇하고 살 것인가를 곰곰이 생각해 보기로 했다.

아직은 젊은 날을 추억으로 가득 채울 자유와 멋과 낭만이 펼쳐질 것이다.

마지막으로 떨어지는 나무 잎새들은 다음을 기약하고 헤어진다.

도심 속에도 감나무 꼭대기에 빨간색으로 익은 감은 손길이 닿지 않아 까치밥으로 남아 있었다.

추워지지 않았지만 입김이 호호 불어서 성에가 낀 유리창에 나의 이름을 써 본다.

따뜻한 커피 한 잔이 생각이 나고 따뜻한 곳이 그리워진다.

"사회생활한 지 이십 대부터 육십 대까지 삼십 년 넘게 했는데 퇴직하면 무엇을 할까?"

"연금이 나올 때까지 다닌다고 했는데 예순두 살 생일 달에 신청해서 그다음 달부터 나온다고 했어요."

"손주도 보고 친구들하고 부부 동반으로 산에도 가야지."

"그럼요. 산에 자주 가면 따라갈 거여요. 등산복, 배낭, 스틱 등 갖추었으니 언제든지 갈 수 있어요."

"갑자기 회사에 나가지 않을 때의 심정은 끝이 아니라 다시 자유의 시작이다라고 준비하기 위해 연습해야겠다."

"우리 즐기면서 긍정적으로 늙어 가는 것이 아니라 익어 가는 것이라고 생각해요."

달달한 믹스커피가 오늘은 당기는 기분이다.

커피 향기가 거실 가득히 피어올라 이런저런 이야기로 마음의 문을 열고 대화를 나누고 있었다.

그러나 우리는 신중년이라고 요즘 부르는 말에 귀를 기울이고 우리도 그렇게 신나고 재미있게 살자고 웃는다.

밤은 이윽고 찾아와 하루의 일과를 끝내고 잠자리에 든다.

남편은 인생의 전환점에 도달하게 됐는데 나도 인생을 다시 돌아보는 계기가 되었다.

늦게 시작한 나의 일이 이제 잘 풀리는 좋은 시절을 만났다.

그 어느 누구에게도 과거가 현재를 가두는 감옥이어서는 안 된다.

우리는 어떻게 해서든 과거의 아픈 기억을 해소할 길을 찾아보아야 한다.

용서는 과거를 받아들이면서도 미래를 움직일 수 있도록 감옥 문의 열쇠를 우리의 손에 쥐어 준다.

그와 반대로 용서하지 못하면 우리 영혼은 기쁨이 아닌 미움과 분노 같은 것이 가득할 때 우리의 건강은 실제로 위협한다고 생각한다. 진정 화해를 해야 한다.

참으로 건강하기 위해서는 죽기 전에 자신을 하고 다른 사람도 용서해야 한다는 가르침을 받아들여야 한다.

"여보, 젊은 날에 운동권으로 싸웠던 지난날들이 이제 편안해지는 느낌이 좋아요. 그 열정이 말이에요."

"당신이 좋으면 나도 좋아요. 지금은 습관적으로 당신을 사랑해요. 그전에는 표현이 잘되지 않았는데 지금은 자연스러워. 이제 연륜이 묻어나오는 것 같애."

"고마워요. 그리고 사랑해요. 당신 옆이 편해요."

스쳐 지난 날들이 주마등같이 떠올라 가슴이 뭉클해졌다.

스무 살 때 시작한 꿈이 육십이 되어서야 좋아졌다.

나는 어떻게 보면 글 쓰기 위해서 태어난 것 같다.

내면에는 가톨릭 영향이 매우 크게 자리 잡고 있다.

언제나 아메리카노 한 잔을 앞에 하고 앉아서 생각에 잠겨 있다.

시원한 가을바람이 쌀쌀한 바람으로 변해 옷차림은 따뜻하게 갈아입었지만 춥지는 않았다.

성모상 앞에 국화꽃 향기가 그윽해 늦가을 만추를 감상하는 느낌이 새롭게 다가와 다정다감한 분위기가 좋았다.

우리는 하느님의 말씀이 지닌 힘을 믿는 사람이다.

사실 하느님의 말씀은 살아 있고 힘이 있으며 칼보다 날카롭다. 그래서 사람을 혼과 영을 가르고 관절과 골수를 갈라 마음의 생각과 속셈을 가려낸다.

이 말씀이 늘 손쉽게 우리 안에서 받아들여지고 변화를 이끌어 내며 눈에 보이는 결실을 맺는 것은 아니다.

그 원인은 무엇일까 하는 우리들의 고민을 예수님 역시 공감하고 도움을 주고자 씨 뿌리는 사람의 비유를 들어서 하신 말씀을 생각해보았다.

길에 떨어진 씨는 단단해서 심어지지 못하고 뿌리도 내리지 못한 채 튕겨져 나와 버린다.

이런 모습의 사람들은 편견 혹은 선입견 등으로 인하여 다른 사람들의 어려움에 공감하지 못하고 자신에 대한 비판에도 일절 귀를 기울이지 않으며 새로운 생각을 받아들이지 못한다.

돌밭에 떨어진 씨는 단단한 땅과 달리 돌밭 사이에는 틈이 있어서 일단 뿌리를 내리는 데에는 성공하지만 날이 뜨거워지거나 큰 비가 오면 뿌리째 타버리거나 뽑혀 버린다.

이런 모습의 사람들은 깊은 신념을 갖지 못해서 자그마한 어려움에도 생각을 쉽게 바꾼다.

작은 어려움이 닥쳐도 혹은 재미가 조금 없어도 형식적으로 유지하거나 아예 저버린다.

가시덤불에 떨어진 씨는 땅이 잘 받아들여서 뿌리를 내리게 하고 땡볕으로부터 씨를 보호하기도 하지만 어느 정도 크면 더 이상 성장하지 못한다.

사람들이 성장하지 못하도록 억압하는 내적인 원인은 예컨대 과도한 걱정과 불안을 늘 안고 살아가는 사람들이다.

믿음을 갖고 걱정과 불안을 떨쳐 내야만 한다.

외적인 원인은 우리를 둘러싸고 있는 온갖 관습에 적당히 타협하고 살다보면 우리 안에 심어 주신 우리의 참 모습이 질식해서 크지 못할 수도 있다.

마지막으로 좋은 땅에 떨어진 씨는 서른 배, 예순 배 혹은 몇백 배의 좋은 열매를 맺는 땅이 있다.

좋은 땅 같은 사람이 되려면 여러 가지가 필요하겠지만 우선 잘 들을 수 있어야 한다고 말씀해 주신, 잘 듣는 사람은 열려 있고 다른 사람의 아픔에 공감할 줄 알며 걱정에 휩싸여 있는 사람의 마음을 편안하게 해 준다. 그리고 무엇보다도 기도하면서 하느님의 조용하고 부드러운 말씀을 들으며 하느님을 만나는 사람이 되고 싶다.

마지막 가는 가을이 아쉬워 남편 친구들의 모임에서 부부 동반으로 가까운 곳에 시간이 허락한 세 팀이 놀러가기 위해 하다 보니

육 인승 렌터카를 빌려 인터넷으로 시장을 본 재료가 전날에 배달이 되어 차에 실었다.

아침 열 시가 조금 넘어 준비가 완료되자 차에 올라 안전벨트를 매고 출발하였다.

드라이브하는 기분으로 도심을 벗어나자 산이 나오고 강이 흐르는 길을 한두 시간 달려서 청평에 도착하였다.

그곳에 메밀전병과 도토리묵, 막걸리를 파는 음식점이 있어서 들어갔다. 매일 먹는 밥보다 간단하게 한잔하고 싶었다.

청평댐 옆 경치 좋은 곳에 펜션이 있어 차를 주차장에 세워놓고 짐을 안으로 넣고 정리를 해 두었다.

뒤에는 산이 있고 가로길 위에 낙엽이 전부 떨어져 그래도 쌓여 있었

다. 모두 밖으로 나와 낙엽을 밟는다.

"이런 운치가 있어 멋을 부리고 싶어요. 이 나이에도 여자랍니다. 화장도 하고 꾸미고 이 가로수 길을 걸어요."

"아이들은 독립할 나이이니까 아이들에게서 벗어나요. 우리도 누리고 살 자격이 있으니까 말이에요."

"그래요. 우리 인생은 후반전이야. 노후가 좋아야 행복하다고 말할 수 있어요. 지금까지 순조롭게 온 시간을 주신 분께 감사해요."

여자들은 이런 대화를 하고 남자들은 묵묵히 걷기만 했다.

산에 나무들은 앙상한 가지만 남아 바람이 불면 이리저리 흔들리고 목에 두른 스카프가 날려서 멋있는 여운이 겨울의 문을 노크했다.

떨어진 낙엽을 한 움큼씩 집어서 서로에게 뿌리고 즐거운 시간을 보내고는 하룻밤 자고서 집으로 돌아왔다.

일상으로 돌아오자 조금 춥게 느껴지는 초겨울이 기다리고 있었다.

겨울을 보내려면 김장을 잘해야 한다.

지난달에 남편과 같이 인천에 가서 필요한 젓갈을 사 놓았다.

길가의 나무들은 추운 겨울을 견디기 위해 짚으로 엮어서 겨울옷을 입혀 놓았다.

옷차림은 따뜻한 겉옷을 입고 날씨가 쌀쌀해지자 마트에 시장 보러 갔었다. 토요일 날 김장하기 위해서 준비를 한다.

김장에 필요한 재료들을 체크해 가며 사서 배달시켰다.

동치미 대신 무를 큼직하게 썰어서 담는 나박김치도 담고 싶었다. 모두

다듬어서 물에 깨끗하게 씻어 놓았다.

전날에 절임 배추가 배달이 왔다. 채반에 담아 두어서 밤새 물이 빠졌고, 담을 수 있게 되었다.

다음 날 재료를 칼로 썰고 양념을 믹서로 갈아서 풀, 고춧가루 등등을 섞어서 맛있게 만들었다.

수육도 냄새를 제거하고 적당하게 익혀 놓았다.

남편이 도와주어서 점심때가 조금 지나 김치 통에 차곡차곡 담아 쉽게 마무리를 했다.

수육을 썰어 배추김치에 싸서 막걸리 한 잔 마시는 자유가 너무 좋았다. 아이들도 한 통씩 나누어 주었다.

이제 추운 겨울을 즐길 수 있는 여유가 좀 생겼다.

쌀도 한 가마 사서 집에 들여 놓으니 마음이 든든해졌다.

거리에는 자선냄비 종소리가 울리고 나는 캐롤이 흘러나오는 문방구에서 예쁜 편지지를 사서 여의도 우체국에 들어갔다.

나는 지인들에게 편지를 쓴다.

이맘때가 되면 하고 싶은 일 중의 하나이다.

생각에 잠겨 한 줄, 두 줄 쓰다가 드디어 마무리를 한다.

편지를 부치고 밖으로 나오니 하늘은 잿빛으로 변해 있었다.

첫눈이 온다. 좀처럼 구경하기가 드문 눈이 하늘에서 날린다.

쌓이지 않는 눈을 맞으며 여의도 공원을 거닌다.

벤치에 앉아 바람이 부는 대로 자유를 만끽하다 버스를 탄다.

한 발, 두 발 사뿐히 걸어서 따뜻한 집으로 향한다.

세계인들이 좋아하는 크리스마스가 다가온다.

성당 안 카페에서 신나는 음악이 흥겹게 흘러나온다.

나뭇가지에 조그마한 전구를 달아 반짝반짝 빛이 난다.

예수님이 태어난 마구간을 마당에 만들어 놓아 사람들이 사진 촬영하며 신기하게 바라보다 성호를 긋는다. 커피 한 잔 앞에 놓고 카페 유리창으로 밖을 내다보고 오고 가는 사람들과 눈으로 인사하며 분위기에 젖어서 감상하고 있다.

거실에 텔레비전을 보는데 나는 살짝 나와 성당으로 갔다.

열한 시 밤 미사를 보기 위해 나온 사람들이 크리스마스이브의 밤을 즐기고 있었다.

눈이 내리지 않고 약간 춥기만 한 밤 젊은 청년들 옆에서 훈훈한 분위기 속에 아메리카노 한 잔의 커피가 당기는 느낌 나도 젊어지는데 그들과 똑같은 세대를 공감하면서 공유하고 있었다.

고요한 밤, 거룩한 밤, 만상이 잠든 밤 아기 예수님이 태어난 마구간 구유에 누워 계신 모습이 연상되었다.

밤 미사가 끝나고 성당 마당에서 떡국 한 그릇씩 나누는 정이 있어 하느님께 감사기도 드렸다.

알맞게 익은 김치와 국물이 맛있는 떡국을 먹으면서 덕담을 이야기하는 시간이 재미있었다.

밤하늘은 별이 반짝반짝 비추며 예수님 탄생을 축하해 주었다.

찬 바람이 스치는데 기분 좋은 밤을 뒤로하고 집으로 돌아와 남편 옆에 누워서 꿈나라로 떠났다.

11

국민연금

매서운 바람이 한겨울로 향해가는 추위가 피부에 와 닿는다. 우선 너그러운 마음을 갖도록 노력하면서 살련다.

하늘나라에 가게 되면 집 걱정은 안 해도 되겠나 싶은 안도감이 든다.

물론 개개인마다 입장이 다를 수 있겠지만 적어도 하늘나라에서는 사는 곳이지 투기의 대상이 되는 곳은 아니겠다는 생각이 든다.

그리고 그곳에 내가 우리의 살 곳이 충분히 있다는 예수님의 약속은 무엇보다도 큰 위안을 준다.

예수님을 믿으면 내가 어떤 사람이든지 상관없이 구원을 받을 수 있다는 말씀에 우리 하느님이 얼마나 마음이 넓은 분이신지 알게 된다. 내가 어떤 업적을 이루어 냈건 이루지 못했건 상관없이 혹은 내가 키가 크고 잘생겼든 키가 작고 못생겼건 상관없이 혹은 피부나 출신지나 학위 등 무엇도 상관없이 우리 모두를 받아들일 만큼 하느님의 마음이 크고 넓다는 말씀으로 이해가 된다.

그렇다면 이렇게 포용력이 크신 하느님의 자녀인 우리들 역시 이런 넓은 마음을 받아들여 우리 안에 있는 온갖 편견의 벽을 무너뜨리고 차별 없이 모든 이를 대하도록 가르침을 주신다.

예수님을 믿는 사람들을 예수님을 닮은 넓은 마음으로 세상에 하느님의 나라를 건설하는데 일조하도록 부르심을 받은 사람들이라는 점이다.

우리는 이 세상 한가운데에서 예수님의 가르침대로 살면서 평화를 이루도록 부르심을 받고 있다고 생각한다.

네가 예물을 바치려고 하다가 거기에서 형제가 너에게 원망을 품고 있는 것이 생각나거든 예물이 거기 앞에 놓아 두고 물러가 먼저 그 형제와 화해하여라.

우리에게 공포와 걱정을 끼치는 이 상황에서도 우리를 버리지 않고 함께해 주시는 우리 주님의 사랑을 확신하면서 주님처럼 넉넉하고 너그러운 마음으로 우리 자신과 우리 이웃을 보며 기도할 때 어려운 상황을 이겨 내도록 하자.

밝아 오는 새 아침의 기운을 받은 듯 내가 하고 싶은 일, 해야 할 일을 생각해 보고 얼마큼 이루었는가 다시 점검해 본다.

요즈음 겨울은 그다지 춥지 않고 눈이 내리는 날이 매우 드물다.

사춘기 시절 때부터 그다지 춥지 않고 눈이 내리는 날이 매우 드물다.

사춘기 시절 때부터 매년 이맘때 정초가 되면 언제나 마음먹고 계획을 해서 하던 공부가 있었다.

그런데 처음에는 작심삼일이 되면 마음먹었던 공부가 잘되지 않았다. 마음대로 잊어버린 때가 있었다.

해마다 다시 작정하고 실행에 옮기는 자신과의 약속에서 시간이 점점 길어져서 습관이 되었다.

오랫동안 습관이 하지 않으면 직성이 풀리지 않아 계속하다 보니 자신과의 싸움에서 이기는 성격으로 변했다.

인품이 좋아져 좋은 글을 쓰는 작가가 되어 있었다.

한 줄, 한 줄 쓰여진 글쓰기는 너무나 힘든 창작의 고통이 뒤따라 지금 같은 결과를 가져왔었다.

세 살 버릇 여든까지 간다라는 속담이 있는데 나는 태어나서 포대기에 싸서 안고 다닐 때부터 시조를 읊는 소리를 듣고 자랐다.

그 영향으로 자연스럽게 가장 잘한다는 칭찬을 많이 들었다. 잿빛 하늘에서 함박눈이 내린다. 가장 춥다고 하는 소한과 대한 사이에 눈 내리는 모습을 한두 번 볼 수 있었다.

밤새 눈이 내려 아침에 일어나니 하얗게 쌓였다. 세상의 찌든 때를 청소하듯 더럽혀진 세속의 마음을 승화시켜 주듯이 모두가 깨끗한 마음으로 새 생활을 시작하자 아이들이 아파트 마당에서 눈을 뭉쳐 꼬마 눈사람을 만든다. 그 모습을 바라보며 방긋이 미소 짓는다.

때 묻지 않은 동심에 잘 자랄 수 있도록 어른들이 지켜 주어야 한다. 아이들을 우리의 희망이다. 우리의 미래이다. 우리의 귀한 보배, 내일의 주인공에게 긍정적이고 세상을 살 만한 곳이라고 자신감을 심어 주는 것이 우리가 해야 할 일이다.

생물들은 땅속에서 잠을 자고 바람소리만 세차게 불어 댄다. 그런데 비닐하우스에서 재배한 식물들이 한겨울에도 시장에 나와 잃어버린 입맛을 돋운다.

냄새가 나지 않는 청국장을 누가 주어서 국을 끓인다.

무와 익은 김장 김치를 넣고 청국장을 풀어서 두부도 넣었다.

애호박, 나물, 오이도 무치고 저녁을 차린다.

어스름한 저녁, 남편은 퇴근하여 귀가시간이 되자 돌아왔다.

손을 씻고 식탁에 앉아 차려 놓은 반찬은 소박하게 몇 가지 안 되지만 우리는 건강과 사랑을 먹으면서 이야기를 한다.

"우리는 같이 익어 가는 친구예요. 아이들은 짝을 찾아 분가를 했고 당신을 기다리며 하루가 지나가요."

"우리는 아직 중간만큼 젊은 중년이라고 생각하고 살아요. 여보, 당신은 일이 있잖아."

"그래요. 노후에도 재미있는 이야깃거리 만들어요. 아직 젊고 마음은 청춘이니 당신도 성당에 나가요."

"그래야지. 같이 다녀요."

저녁을 먹은 후 텔레비전 보면서 여러 가지 대화를 나눈 뒤 내일을 위해서 안방으로 들어갔다.

나는 또 거실 베란다에서 머리를 식히기 위해 야경을 바라본다.

방향을 가리켜 주는 북두칠성도 보이고 은하수가 흐르는 미리내도 어렴풋이 보일 듯 말 듯 시내가 흐르는 것처럼 느낌으로 본다.

별이 많이 보이지 않지만 선명한 빛이 내일 날씨가 맑다는 것을 말하는 거일 수도 있다던 할아버지 말씀을 떠올리며 짐작했다.

도심 속의 불빛도 서서히 줄어들고 나는 야경의 감상을 마쳤다.

시계를 보고 남편 옆으로 가서 취침에 들어갔다.

밖은 바람 소리가 들리지 않고 고요하고 적막한 밤의 침묵이 흐르는 가운데 나는 사르르 잠이 들었다.

우리는 이제 조심스럽게 이전의 일상으로 돌아오려고 한다.

일상으로 돌아오움은 지난 시간의 고통과 절망을 잊어버린다는 것을 의미하지 않는다.

일상으로 돌아오움은 당연하다고 여기며 살아온 것들에 새로운 의미와 가치를 부여하도록 한다.

일상으로 돌아오움은 앞으로 다가올 또 다른 고통과 절망 앞에 좌절하지 말라고 우리에게 희망을 속삭여 준다.

너무나 길게만 느껴지는 지난해 같은 일은 일어나지 않아야 한다.

손주 김지영이가 이제는 한 걸음, 두 걸음 걸음마를 시작했다.

태어난 지 일 년이 되는 돌이 가까워진다.

아직은 사람들이 많이 모이는 것을 조심해야 되기 때문 가족이 모여 사진 찍고 밥 한 끼 먹는 것으로 치르기로 했다.

너무나 신기하고 보고 있어도 자꾸만 관심이 가는 우리 아가, 많은 축하를 받고 잘 자라기를 기도했다.

봄이 온다고 소식을 전하는 입춘이 지나고 첫돌을 맞이했다.

상에 차려 놓은 물건들을 손으로 잡으라고 엄마가 말하니 알아듣는 듯 먼저 돈을 집었다. 다음은 연필을 잡았다.

"자라는데 무슨 의미가 있어요. 재미로 해 보는 거지. 개구쟁이라도 좋다. 건강하게 자라다오, 지영아."

"돈을 잡는 거 보니 경제관념이 있었으면 좋겠어요."

"아무튼 복 많이 받고 앞날에 잘되기를 바라는 긍정적인 덕담을 듣고 잘 풀렸으면 해요, 사돈."

사진작가가 와서 사진을 찍은 뒤 자그마한 홀에 한쪽에 뷔페식으로 음식이 마련되어 먹고 싶은 것을 접시에 담아 먹게 했다.

지금은 아이들을 하나나 둘은 낳기 때문에 가장 가까운 남이 가족처럼 되는 것이 자연스럽게 보였다.

자식을 나누어 가졌으니 형제간처럼 아니 형제간보다 더 가깝게 지내는 형성이 된 것이라고 생각했다.

어디에서 바람이 불어오는 것인가? 춥기는 하지만 따뜻함이 약간 섞여서 봄이 올 것 같다는 새로운 느낌이 든다.

음력설을 새고 나니 더욱 남쪽에서부터 훈풍이 날아든다.

산 너머 남촌에는 누가 살기에 해마다 봄바람이 남으로 온다.

봄 처녀 제 오실 때 색동옷 입으셨네, 학교 다닐 때 음악시간에 배운 노래를 불러본다.

이 나이에도 십 대 소녀같이 설레는 마음뿐이라 그 시절이 아련히 떠올라 생각에 잠겨 보았다.

지난겨울을 이겨낸 가장 작은 새, 참새가 성당 마당에 날아와 모이를 주워 먹는다.

돌보는 자가 없어도 살아서 날아다니는 모습이 신기해 바라본다.

개체수가 많아 환영받지 못한 비둘기 떼도 몰려다닌다.

대동강 물이 풀린다는 우수가 되었는데 봄을 재촉하는 비가 내린다.

날씨가 풀려 춥다는 느낌이 들지 않고 활동하기가 편해졌다.

얼어붙었던 땅속에서는 겨울잠에서 깨어나 꿈틀거린다.

시장에 터져 나오는 봄나물들이 발걸음을 멈추게 한다.

달래, 미나리, 냉이 밥상을 꾸밀 채소로 시장을 보았다.

구수한 된장국 냄새가 집안에 가득히 피어난다.

하루가 소중하게 엮여 가는데 세월이 많이 흘러서 담담한 심정이다.

봄에는 모든 생물들이 새로운 시작을 하는 시기가 된다.

예수님께서는 한 농장 주인의 신중한 기다림을 이야기해 주신다.

이 농장 주인의 신중한 기다림을 이야기해 주신다. 이 농장 주인은 자기 밭에 원수가 뿌리고 간 가라지를 뽑아내려는 일꾼들에게 추수 때까지 기다리라는 신중한 지시를 내린다. 예수님께서 우리를 기다리며 인내하고 계시는 모습이다.

우리는 구성원이 농업과 농촌 농민에 대해서 생각해 보기로 한다.

농업과 농촌, 농민의 문제는 함께 살아가는 공동체 구성원의 문제이며 매일 식탁을 차리고 먹어야하는 우리 모두의 문제이다.

나의 한 끼 식탁이 차려지기까지 얼마나 걸릴까?

가족들을 위해서 식탁을 차리는 데 한두 시간 정도 걸린다.

그러나 우리는 집에서의 준비시간보다 더 기다림의 시간이 있어야 우리의 식탁이 준비된다는 것을 자주 잊어버린다.

식탁이 존재하기 위해서 짧게는 일 년 길게는 십여 년에 달하는 농민들의 기다리는 시간이 숨겨져 있다.

우리는 빠르게 변화하는 세상 속에 살고 있다.

변화의 속도가 너무도 빨라서 그 속도를 따라가는 것만으로도 벅차게 느껴질 때가 많으며 경쟁에서 뒤지고 홀로 남겨질지 모른다는 불안감에 시달릴 때도 많았다.

그래서 우리는 항상 빨리빨리 하는 것이 익숙해졌다.

그것은 식탁에서도 똑같이 적용이 되었다.

식탁에 둘러앉은 사람보다는 맛과 효율만 따지게 되었다.

우리가 속해 있는 공동체는 예수님께서 차려 주신 밥을 나누는 식탁 공동체라고 할 수 있다.

같은 밥을 나누기에 형제자매라고 부르는 공동체임을 기억한다.

우리가 잘하는 것은 나의 삶에서 실현시키는 것이라고 알고 있다.

그것은 성당에서만 하는 것이 아니라 매 끼니 때마다, 우리 식탁을 맞이할 때마다 식탁이 있도록 노력한 모든 이들! 긴 기다림의 시간 안에서 농작물을 길러낸 농민부터 식탁을 차려 주신 분에 이르기까지 수고해 주신 모든 분들과 함께 식탁에 마주 앉아 있는 것이다.

식탁 안에서 도시와 농촌이 만나고 시민과 농민을 만나는 것이다.

식탁을 마주할 때마다 그 식탁이 있도록 온 힘을 다하고 있는 농민들을 기억하고 기도해 주시길 바란다.

미사를 드릴 때 내가 가장 좋아하는 시간은 나를 만드시고 구원하시고 이끄셨던 하느님의 영광과 승리를 노래하고 여러 가지 기도가 모여 하나의 찬미를 이루기 때문에 가장 활기찬 대영광송이라고 생각한다.

보라매 야산에 예전부터 내려온 약수터 있었으나 아파트가 산 옆으로 들어오면서 약수 물을 길러 간 사람은 있으나 산에 오르내릴 때면 한 모금씩 마시기는 하지만 길러 가지 않는다.

개구리가 잠에서 깨어난다는 경칩인데 일찍 나와 알을 낳았다.

분수대가 있는 연못가에 올챙이가 둥실 떠다닌다.

나뭇가지에는 새순이 나오기 전 물이 오른다.

운동 삼아 둘레길을 걸어 다닌다. 그동안 외출하지 못했던 스트레스가 풀리는지 기분이 상쾌해진다.

봄바람 살랑살랑 불어와 마음이 설레고 풍선처럼 부풀어 올랐다.

하늘에는 구름이 두둥실 떠다니며 한가롭게 제비가 날아다닌다.

강남 갔던 제비가 돌아와 지지배배 지저귀며 소식을 전한다.

약간 찬 기운이 있지만 폐부로부터 깊은 호흡하며 산소를 마신다.

벤치에 남편과 나란히 앉아 대화를 한다.

"여보, 우리 애들 잘 컸지요. 자기 일을 갖고 독립했으니."

"당신이 수고했어요. 좋은 엄마이니까."

"당신도 참. 당신은 좋은 아빠지. 자상하고 아이들을 자애로 대하니."

"이만큼 걱정하지 않아도 될 정도로 자기 앞길을 개척한 것이 고마워요. 대견하고 지금이 좋아요."

"지금까지 바쁘게 생활했는데 시간이 나서 당신과 같이 있는게 다행이라고 생각하지만 익숙하지가 않아요."

"적응하고 살아요. 당신 옆에 내가 있으니까."

"내년부터는 국민 연금으로 살아야 해요. 먹고는 살지만 여유 있게 살려면 저축해 놓은 것이 있어야 하는데."

"걱정하지 말아요. 저축도 해 놓았고 버니까."

"내가 마누라를 잘 만났지. 처복이 있어."

"호호호, 당신이 있어서 내 일을 할 수가 있었어요. 어떻게 보면 내가 남편을 잘 만났다고 생각해요.”

우리는 익어 갈수록 서로를 위하고 사랑하는 마음이 애틋해졌다.

이 길을 가면서 남은 인생 행복하게 살아가자고 말했다.

해가 빨리 지는지 벤치에서 일어나 손을 잡고 걸었다.

도시의 번화가에서는 불빛이 하나둘 켜지기 시작한다.

지름길을 걸어서 음식점에 문을 열고 들어갔다.

한쪽 자리에 앉아 물은 셀프라서 두 잔을 따라서 갖고 왔다.

“우리 저녁 먹고 가요. 이제 집안일에서 자유로웠으면 해요.”

“서민적인 맛 순댓국 먹어요.”

“여기 수육을 넣은 냄새가 안 나는 서울식 순댓국 두 개요.”

새우젓, 김치, 깍두기, 다대기 양념 등 먼저 갖다 놓고 좀 있으니까 공깃밥과 뚝배기에 순댓국을 가득 담아서 갖다주었다.

“여기 소주도 한 병 주세요.”

소주와 잔 두 개가 나와 한 잔씩 남편이 따랐다.

“술은 못하지만 한두 잔은 괜찮으니까 마셔요. 자.”

잔을 부딪치고 조금씩 마시면서 순댓국에 수육을 안주로 먹었다.

적당하게 만족한 밥을 먹은 후 집으로 돌아오는데 기분이 매우 좋았다.

아직 밤 기온은 해가 진 뒤 급격하게 떨어지는지라 쌀쌀한 느낌이 들었는데 집에 들어가니 아늑하고 따뜻했다.

쉬기 편하고 즐거운 나의 집, 익숙한 곳, 정서적으로 안정된 공간이다.

삼월에는 어렸을 적 가르침을 많이 주셨던 나의 할아버지가 가끔 생각이 난다.

조선시대 말기 인제 36년간 나라의 주권을 빼앗겼던 강점기에 우리나라의 독립을 위해 운동하셨던 할아버지는 유공자였지만 살아서 다친 데 없이 돌아왔기 때문에 혜택을 받지 못했다.

지금 손자들이 이만큼 사는 것은 할아버지의 보이지 않는 정신적인 유산을 많이 받고 사회에서 필요한 사람으로 인정받고 살고 있어서 감사하게 생각하고 그 업적을 기리는 시간을 가져 본다.

화창한 봄 어느 날 아침잠에서 깨어나니 바람 한 점이 창가에 앉아 인사를 하며 웃고 있었다.

오늘 받을 은총을 위해 기도하며 일어났다.

기도는 우리의 안식 빛으로 인도하사 미사드리기 위해 준비한다.

산뜻하게 차리고 나서니 아파트 화단에 목련꽃이 피어 있었다.

꽃시장에서 온 봄의 꽃들이 화분에 심어 진열해 놓은 성당 앞마당에는 오고 가는 사람들이 사진을 찍는 둥 보고 감탄한 사람들이 많이 있다. 자리에 앉아 향기를 맡으니 기분이 좋아졌다.

성모상 앞에 멈추어 서서 성호를 긋고 잠시 묵상한다.

아직 미사드리기 전 시간이 있어서 성경책 속에 엽서를 끼워 왔는데 지인들에게 간단히 메모를 한다.

전화로 안부를 묻고 하지만 이 봄날에 편지를 쓰고 싶은 멋이 나에게는 젊다고 느끼는 일부라고 생각하기 때문 정성들여 마무리를 하고 주소를 쓴다.

시간이 되자 평일 미사를 드리고 계단을 천천히 내려온다.

꽃향기를 맡으면서 성당 문을 나오니 훈풍이 기분을 상쾌하게 만들었다.

가로수 나무들의 가지에는 새순이 나와 엷은 초록색 이파리가 자라고 있어서 아름다운 색깔이 짙어만 가는 것 같았다.

우체국으로 가는 발걸음이 사뿐사뿐 가벼워지는 느낌이 든다.

엽서를 부치고 돌아오는데 새로 만든 어린이 공원이 단장이 잘 되어서 시선을 끌어 발길을 멈추었다.

벤치에 앉아 엄마 손을 잡고 아장아장 걸어 나와 노는 모습을 바라본다. 공원에 핀 꽃들과 나무이파리들이 축하해 주었다.

나뭇가지에는 바람이 일렁거리며 파문이 번진다.

아직 키가 작은 나무들은 뿌리에서 물을 흡수해서 자라는 듯 푸르기만 한데 이곳에서 노는 어린이들이 푸르름을 닮아 간다는 생각으로 우리나라 미래는 인구수가 부족하지만 밝다고 내다본다.

봄의 꽃들이 차례대로 피어나 예쁜 색상으로 연출을 하는데 가지가지 색깔을 마음껏 보기 위해 봄나들이 가기로 했었다.

아침 일찍 일어나 어제 치킨과 김밥 재료, 맥주, 음료수 등을 사 와 밥을 고슬고슬하게 해서 김밥을 싼다.

젊었을 때 해 본 것이지만 지금도 마음은 청춘이라 즐기고 싶었다.

도시락 가방과 돗자리를 들고 공원 정문 앞에서 친구들과 만났다.

"무엇을 많이 준비한 것 같아요. 그냥 왔는데."

"괜찮아요. 기분 전환하기 위해서 만났으니까 재미있으면 돼요."

"나는 달달한 믹스커피. 설탕, 프림을 적게 넣고 만들어 왔어요."

알고 지낸 이웃들과 수다를 떨면서 공원 안으로 걸어갔었다.

꽃향기가 바람에 실려 진동을 한다.

"우리 여자들만 왔는데 퇴근 시간에 남편들도 같이 모여 저녁을 해결하자고 미리 전화해요."

"그래요. 집안일에서 자유롭자고요."

"좋아요. 쌓인 스트레스 풀고 가요."

꽃들이 피어 있는 곳 나무 밑에 돗자리를 깔고 도시락 등을 놓았다.

꽃구경을 한참 보고는 넓은 운동장을 몇 바퀴 돌았다.

시민들의 쉼터라 사람들이 많이 나와 운동을 하는 모습도 보았다.

"시장기가 도는데 점심을 먹어요. 앉아요."

"내가 풀게요. 모처럼 김밥을 샀는데 들어요. 치킨도."

"맥주도 있어요. 기분이 업이 되네요."

먼저 김밥 맛을 보고 맥주를 한 모금씩 마시면서 치킨을 먹는 맛은 최고로 좋아 엄지 척을 보였다. 모두들 우리 엄마들도 즐길 수 있는 자격이 있다면서 이런 시간을 자주 갖자고 이구동성으로 말을 하면서 웃었다.

하루 종일 수다를 떨어서 엔도르핀이 솟아 나오는지 기분이 아주 좋아 더욱 친숙한 느낌으로 가까워졌다.

이렇게 노후에는 국민연금으로 생활은 하고 저축한 돈에서 이자가 얼마 나오지는 않지만 가까운데 놀러 다니면서 살아야겠다고 생각하니 답답한 마음이 뚫리는 것 같아 시원해졌다.

해질 무렵 남편들이 일을 마치고 돌아와 재미있는 시간을 보내고 다들 집으로 들어갔다.

꽃피는 사월의 봄은 한가운데 와 있었다.

꽃과 이파리는 나오는 차례가 있어서 조화와 균형을 이룬다.

나뭇가지 이파리가 약간 짙은 녹색 연한 연두색 빛깔이 아름답다.

젊음을 상징하는 녹색은 정서적으로 안정감이 들어 좋아하는 이유가 된다. 또 눈을 선명하게 만들어 준다는 느낌을 떨칠 수가 없다.

봄의 햇살이 내리 비추어서 아늑한 안식처인 거실 안까지 들어온다.

베란다 앞에서 서울을 한눈으로 내려다보며 감상을 해 본다.

맑은 하늘에 자유롭게 날아다니는 새들의 모습은 너무 신기하다.

12

보건

푸르기만 하는 산은 강물이 흐르는 맑음이 비추어 아름답다.

인류는 역사 속에서 재난과 위기를 겪으며 새로운 단계로 도약하는 경험을 해 왔다.

흑사병, 산업혁명, 세계대전, 민주화 운동, IMF 경제 위기를 거치며 새로운 인식의 틀을 갖추게 되었고 이전과는 다른 방식으로 살아가게 되었다. 하늘나라는 밭에 숨겨진 보물과 같다.

그 보물을 발견한 사람은 그것을 다시 숨겨 두고서 기뻐하며 돌아가서 가진 것을 다 팔아 그 밭을 산다.

또 하늘나라는 좋은 진주를 찾는 상인과 같다. 그 값진 진주를 하나 발견하자 가서 가진 것을 모두 처분하여 그것을 샀다.

여기에서 값진 것이란 무엇을 말하는가.

단지 나 자신과 나이, 건강, 행복, 성공, 출세, 재산만이 우리가 추구하고자 하는 값진 것은 아닐 것이다.

밭에 숨겨진 보물과 좋은 진주란 삶의 의미와 방향을 올바로 찾게 해 주는 것. 하느님의 모상대로 만들어진 인간을 있는 그대로 사랑하고 받아들이게 해 주는 것. 참다운 기쁨 속에서 살아가게 해 주는 것이다.

이것이야말로 빠르게 변화하는 세상 속에서 하느님 나라를 가기 위해 살아가는 길이다.

세상이 변한다고 우리가 해야 하는 내용이 바뀌지는 않는다.

하지만 현시대에 맞게 인식하고 해석하며 이해하는 방식 그리고 살아가는 데 유연성 있게 바뀔 수는 있다.

우리가 코로나19를 겪으며 기존 삶의 방식과 인식의 틀이 변화되고 있음을 경험했다.

이에 맞추어 각자의 삶 속에서 나보다 더 소외당하는 사회적 약자를 위한 우선적 선택 가치에 초점을 맞추어 값진 것을 선택하고 집중하는 점이 우리가 해야 될 것이 아닌가 생각해 본다.

그런데 우리들은 어리석게도 세속적인 기준에만 집중한 나머지 가끔 내가 얼마나 귀한 사람인지 내가 얼마나 든든한 하느님을 등에 업고 있는지를 잊고 자기 비하에 빠지는지 모르겠다.

사람은 일생을 살아가다가 생로병사로 마감하게 된다.

나는 어렸을 적 문학소녀였는데 민주화 운동권으로 데모를 하다가 글 쓰는 것이 너무 좋아 문인의 길을 걷게 되었다.

그런데 정신이 분열이 되면서 오는 불면증으로 고생을 많이 하였다.

우리나라는 해방이 된 후 한국 전쟁으로 많은 피해를 입어 폐허가 왔었다.

세계에서 가장 빠른 시간 내에 선진국에 입성한 대한민국은 눈부신 경제발전을 이루어 냈었다.

그중에 가장 잘한 것 중의 하나가 국민 모두가 혜택을 받을 수 있는 의료 보험 제도이다.

사람은 누구나 태어나서 젊음을 보내고 나이 들면 늙어서 병이 들어 이 세상을 떠나는 것을 알고 있다.

그런데 살아 있는 동안 삶의 질이 높게 재미있게 여생을 보내기 위해서는 의료 기관이나 그 관계되는 보건이 필요하다.

지금은 의술이 발달이 되어 거의 암의 말기만 아니면 병을 고칠 수가 있어 수명이 길어져 백세 인생이란 말이 있다.

즉 회사에 다니는 사람들은 정년이 되어 그만두게 되면 노후가 길어서 경제적으로 어려움을 겪게 되는 사람이 많다는 것이다.

기술이 또 좋으면 자동라인으로 바뀌어도 사람을 필요로 하기 때문 정년이 넘어도 다니는 회사원이 어느 정도는 있다.

사회 전반적으로 이러하기 때문 사회복지제도를 잘 만들어 혜택을 볼 수 있어야 진정한 선진국이라고 말할 수 있다.

유난히 행사가 많은 가정의 달에서 건강에 대해서 관심을 두고 생각해 보기로 했다.

건강을 지키고 사는 것이 행복의 첫째 조건이기 때문이다.

담장 옆에 넝쿨 장미가 환하게 웃는 모습이 기분이 좋았다.

꽃들은 피었다 지고 녹색이 파리가 더욱 짙은 색깔로 나뭇가지 잎새들과 비슷하게 되어 시원한 바람 일렁거렸다.

나는 젊어서 정신분열증으로 시달렸는데 갱년기에 찾아온 당뇨병 때문에 고생을 많이 하였다.

글쓰기가 너무 힘들어서 먹고 힘내서 글 쓰자고 일에 중독이 되어 너무 많이 먹어서 고혈당과 과로 때문 쓰러져 5박 6일 의식이 없다 깨어나 적응하고 살기가 너무 힘들었다.

운동권이었는데 데모하다가 잡혀 가기는 했지만 다행히 감옥에 들어가지 않았고 고문도 당하지는 않았는데 문학을 하면서 따라오는 지병 때문에 많은 고생을 했다.

그러나 내가 좋아서 하기 때문에 민주화를 위해 희생된 친구들 선배, 후배들을 대신해서 나의 이름을 세계에 널리 떨쳐서 국가 발전에 기여해야 한다는 사명감으로 선구자 되어야 한다는 자신과의 약속을 지키기 위해 최선의 노력을 하며 살아간다.

감미로운 음악의 선율이 울려 퍼진다.

가장 힘들 때 위안이 되고 마음의 평화를 가져다준 것은 텔레비전 채널에 고정시키면 흘러나온 음악 방송이다.

삶이 그대를 속일지라도 슬퍼하거나 노여워 말아라.

견디고 이겨 내면은 그 앞에 좋은 일들이 펼쳐질 것이다.

일 년 중 가장 좋은 달이라는 계절의 여왕이라 부르는 달에 가족이 모여 밥을 먹기 위해 준비를 한다.

시장을 보아다 오리탕과 수육 반찬 몇 가지를 만든다.

좀 번거롭더라도 손수해서 먹이고 싶은 마음이다.

구수한 음식 냄새가 거실 안에 퍼져 오늘은 사람 사는 집 같다.

아이들이 출발했다고 전화를 한다.

현관문을 활짝 열고 기다리는 부모의 마음이 이런 것이구나 했다.

도착해서 시끌벅적하게 잔칫집 같은 분위기가 감돈다.

거실에다 큰상을 펴고 둘러앉았다.

나는 손주 안아 보는 재미에 푹 빠져 음식을 먹지 않아도 배가 불렀다.

이렇게 하루해가 지는지도 모르게 밤이 찾아왔다.

언제나 이맘때가 되면 옷깃을 여미고 나라를 위해 희생하신 순국선열들을 생각하게 된다.

우리는 같은 민족끼리 총을 맞대고 싸우다가 남과 북으로 분단이 됐다.

이제는 평화로 가는 길목에서 크고 작은 일들이 일어나지만 어느 때인가 잠에서 깨어나면 통일이 되어 서로 오고 가는 시대가 올 것이라는 생각으로 항상 긍정적인 사고와 자기가 맡은 일에 충실히 임해야 된다.

내전이 있었던 우리나라의 통일 과정은 온 세계가 관심을 갖고 성원해 주는 한류로 통한다는 자신감으로 단단히 무장하고 있다.

세계 평화 통일은 전쟁을 겪지 않은 전후세대가 풀어야할 우리의 과제라고 생각한다.

남한의 고도의 기술과 북한의 저렴한 노동력이 한데 어울려 좋은 상품을 만들어 시베리아 철도를 이용해 유럽까지 전 세계에 수출해서 나온 이익금을 온 국민들에게 환원시켜 주는 완전한 사회복지 제도를 만드는 것이 우리가 해야 할 일이다.

우리나라 의료보험제도는 미국보다 더 좋은 혜택을 보는 자랑할 만한 가치 있는 제도라고 말할 수 있다.

상처가 많은 상아의 계절에 긍정적으로 우리가 가야 할 방향을 제시해 본다. 우리는 함께 더불어 사는 공동운명체 백의민족이다.

오이의 상큼한 향기가 거실 안에 퍼져 산뜻한 기분이다.

오이를 동그랗게 썰어서 얼굴에 붙이고 마사지를 한다.

이 나이에도 나는 영원한 여자이고 싶어서 화장을 한다.

거울을 한참 보고 있으니까 아직 젊었을 적 얼굴이 남아 있었다.

옷차림은 청바지에 티를 받쳐 입고 운동화를 신었다.

마음이 가는 대로 외출하는데 서울대학 옆 관악산에 오르고 싶어서 버스를 타고 정문 앞에서 내렸다.

둘레길을 거닐며 자연과 교감하고 맑은 공기를 호흡하고 싶었다.

울창하게 우거진 숲 약간의 물이 흐르는 계곡 사람들의 발길이 닿아 자연스럽게 길이 만들어져 오르고 있었다.

산속에서 먹이를 찾아 헤매는 작은 다람쥐. 붓을 만드는 데 쓰인다는 청설모라고 좀 더 큰 다람쥐들이 돌아다녔다.

너무 신기해서 바라보는데 까치가 노래를 부른다.

녹색 이파리들이 장단에 맞추어 나부끼는 모습이 젊음을 자랑하는 듯 밝은 햇빛 속에 부서져 반짝거린다.

계곡의 물이 졸졸 흐르는 소리는 마음의 평화를 가져다주었다.

주위에는 크고 작은 돌이 진열이 되어 있어 그중에 반반하고 넓적한 돌을 골라 자리하고 앉았다.

먹구름 속에 한 줄기 빛은 환희를 가져온다.

곤경에 처한 이 시간들 안에서 빛 속을 걸어가자, 하는 말처럼 우리가 세상 속에서 빛나기를 바라는 아름다운 자산을 발견하게 된다.

나뭇가지에서 물어오는 시원한 바람 한 줄기가 내부로 파고든다.

오고 가는 사람들에게 미소 지으며 눈으로 인사를 한다.

한참 앉아 있다가 정상에 까지는 오르지 않고 왔던 길을 되돌아서 내려오는 발걸음이 조금은 가벼운 것 같았다.

산 밑에 있는 카페가 시선을 끌어서 문을 열고 들어가 앉아 자리를 잡고 아메리카노 한 잔을 시켜서 계산을 하고 번호표를 받았다.

조금 기다리니까 커피가 나와서 앞에 하고 향기를 맡고 있었다.

커피가 온도에 맞게 식어서 한 모금씩 마시는 여유가 자유를 만끽하고 사는 이유가 되기도 했다.

음악을 감상하면서 마신 뒤 자리에서 일어나 밖으로 나왔다.

기분이 상쾌해져 모든 것을 뒤로하고 왔던 길을 왔었다.

집에 들어가 거실에 누워서 텔레비전 뉴스를 보았다.

저녁시간이 되니 남편이 퇴근하고 돌아와 밥을 먹은 뒤 오늘 관악산에 갔다 왔던 이런 이야기를 하면서 주말에도 같이 가자고 약속하기도 했다.

요즘 내가 함께 만나고 싶은 분들을 국내 이주민들이다.

이들은 이주 노동자들, 결혼 이민자들, 이주민의 자녀 난민들이다.

이 사람들을 때론 이유 없는 편견과 오해 그리고 차별 속에 살아가곤 한다.

특히 난민들의 경우는 자신들의 목숨을 위해, 가족들의 생명을 이어 나가기 위해 고향을 떠나 먼 나라 한국에서 살아가고 있다.

그러나 그들은 그들의 이유에 대한 편견 잘못된 선입견과 오해들 그들의 피부색으로 인해 잠재적인 범죄자라는 따가운 시선을 받으며 우리 안에서 살아가고 있다.

얼마 전 이주민 활동가 한 분으로부터 이런 이야기를 들었다.

국내에 체류하고 있는 외국인들은 철저한 준법주의자라는 것이다.

좁은 도로, 횡단보도 하나라도 파란불 지키며 길거리에서도 침도 뱉지 않으려 한다는 것이다.

왜냐하면 혹시나 작은 잘못 하나로 추방되거나 그것이 이유가 되어 불이익을 받지 않을까 하는 마음에 누구보다 모범적인 삶을 살고자 노력한다고 한다.

이들의 상황을 파악하고 돕는 것이 각 나라의 정치적인 문제를 해결하는 것보다 더 근본적이고 시급한 일이라고 생각한다.

성경에 요셉 마리아와 함께 이집트로 피신하셔야 했던 예수님께서 이주민의 표본이라고 말씀하셨다.

헤로데의 박해를 피하여 강제로 피신하셔야 했던 예수님께서는 오늘을 살아가는 이주민 안에 현존하고 계신다.

그러므로 우리는 그들의 얼굴에서 굶주리시고 목말라하며 헐벗고 병들고 나그네이시며 감옥에 갇히신 예수님의 얼굴을 발견해야 한다.

이주민들에 대한 잘못된 편견과 오해 그리고 차별의 마음을 바꾸어 세상이라는 포도밭에 가서 실천하고 절망에 빠져 있을지 모르는 외국인들의 좋은 이웃이 되어 주어야 한다.

오늘의 주제는 모든 이를 차별 없이 환대하는 것은 하느님의 세상에 대한 사랑이기 때문이다.

이러한 차별 없는 환대와 사랑의 실천으로 우리가 먼저 그들에게 좋은 이웃이 되어 줄 때 그들도 우리에 좋은 이웃이 되어 줄 것이다.

예수님이 지니셨던 이방인들을 향한 연민과 사랑의 마음을 간직하는 우리들을 향한 연민과 사랑의 마음을 간직하는 우리들이 되어야 한다고 다시 생각해 본다.

　날씨가 더워지는데 습도가 없고 건조하기 때문 바람이 불면 시원한 촉감이 피부에 닿아 기분이 아주 좋았다.

　때가 되니까 북태평양 고기압이 발달이 되어 한반도 남부지방부터 장마철의 비가 내리기 시작했다.

　중부 수도권에도 하루 종일 주룩주룩 빗줄기가 굵어서 많은 비를 뿌리는데 불쾌지수가 높았다.

　언제나 이때가 찾아오면 연중 강수량이 제일 많아 빗물이 저장된다.

　농사짓는 농부들도 적당한 양의 비가 내리기를 바라는데 하늘에서 구멍이 뚫린 것처럼 하염없이 내리기만 한다.

　잠시 소강상태가 되면 그렇게 고마울 수가 없다.

　기온이 높고 습도가 많아 후덥지근해져 스트레스가 쌓인다.

　한 달 동안 비가 오락가락하다가 열대야 현상인 밤에도 이십오 도 이상 온도가 내려가 식지 않아서 잠 못 이루는 날도 있었다.

　지구가 절정으로 더워지는 한여름 밤의 꿈을 꾸기도 했다.

　내 고장에서의 칠월은 청포도가 익어 가는 시절이다.

　문학소녀였던 어린 시절 나의 글을 쓰기 위해서는 남의 책을 많이 읽어야 했기 때문에 독서를 즐겼던 그 시절이 그립다.

　학창시절을 같이 보내던 친구들 지금은 무엇을 하고 있을까.

　시간이 자유로울 때 찾아가 술잔이라도 기울이고 싶다.

　항상 마음뿐이지 언제인가는 내가 떠나온 고향에 가 보아야지 생각이

났다.

길게만 느껴졌던 장마도 이제는 끝나려나 보다.

물을 많이 머금은 녹색이파리가 더 짙은 색깔이 되어 한층 울창하게 우거지는 것 같아서 선명한 느낌으로 산뜻하고 밝아졌다.

나와 전혀 관계없는 이들을 일회성이 아니라 지속적으로 돕는 것은 나눔의 기쁨을 알 때 가능할 것이다.

우리는 보통 줄 때보다 받을 때 더 큰 기쁨을 느끼고 행복을 느낀다.

하지만 받을 때 얻는 기쁨이 소낙비라면 나눌 때 기쁨은 가랑비인 것 같다고 생각된다.

무더운 여름 한낮에 내리는 소나기는 뜨거운 대지를 순식간에 식혀 주는 고마운 존재이다.

하지만 그 시원함은 잠시뿐 그리 오래가지 못하고 다시 무더위가 계속된다. 특히나 한꺼번에 내리는 비는 땅으로 스며들어 꽃에도 풀에도 생명을 불어 넣어준다.

푹푹 찌는 더위를 한 차례씩 내리는 소나기로 그런 대로 견딜 만하다. 그래야 꽃을 피운 뒤 맺은 열매들이 커 갈 수가 있기 때문이다.

이런 시기를 이겨 내야 한다.

대지 위에 땡볕이 마구 쏟아지는 가장 더운 날이 이어진다.

일 년에 한번 휴가철이 와서 아이가 아직 어려 여행을 떠나지 않았다.

딸과 사위가 손주를 데리고 친정에 쉬러 왔다.

6개월이 되었는데 혼자서 앉는다. 배로 밀어서 가고 싶은 대로 움직인다.

유아 젖병 세제로 닦기도 하고 젖병을 소독한다.

빨래도 애들 유아 세제를 사용하는데 냄새가 나지 않고 향기롭다.

맛있는 음식을 해서 사위사랑은 장모님이라고 접대를 한다.

남향이라 창문만 열어 놓으면 시원한데 한낮에는 너무 더워 자기 전에도 에어컨을 틀어서 하루에 한두 번씩 더위를 식혀 준다.

주말에는 아들과 며느리가 시장을 봐 와서 음식 냄새가 물씬 풍긴다.

두 달이 좀 지나면 손주가 또 태어나기 때문 집안일은 시키지 않고 가족이 모두 모이면 내가 해서 먹는다.

일주일 동안 있다가 돌아가자 집이 조용해졌다.

또 우리 부부만 남아 그런데 자주 다녀가곤 하니까 적적하지는 않지만 이렇게 나이가 들어가는구나 하고 느꼈다.

대기 불안정으로 소나기가 내리면 식혀지는지 해가 지면은 제법 시원한 바람이 불어온다.

가을이 온다고 알리는 입추가 지났는데 더위가 기승을 부려서 아파트 화단과 나무 많은 쉼터에 나가보니 가을의 서정적인 그림자가 엿보인다.

8월 중순이 되니까 태양이 이글이글 타오르는 더위가 한풀 꺾이는지 견딜 만한 온도가 되었다.

열대야 현상도 가시고 아침저녁이 조금은 시원한 것 같았다.

언제나 이때가 되면 일제 36년 일본에게 나라를 빼앗겨 국민들이 통탄에 빠졌던 강점기를 생각해 본다.

내가 문학의 길을 걷기까지 어릴 때부터 많은 가르침을 주셨던 우리 할

아버지는 일제강점기 때 태어나서 해방이 되면 한양에 가서 과거급제 한다고 서당에를 다니셨다.

해방이 되지 않자 많은 논밭을 빼앗기고 일본에 강제 징용으로 끌려가셨다.

일본어를 할 줄 알아 고장 난 철로를 두세 명씩 타고 다니면서 고치다가 할아버지는 순사들 모르게 독립운동을 하셨다는 말씀을 들었다.

우리나라의 백 년을 내다보려면은 교육을 해야 한다고 시조를 읊으시면서 우리나라 역사와 한글을 깨우쳐 주셨다.

항상 광복절만 되면 해방이 되기 3일 전 구사일생으로 고향에 돌아오셨다는 할아버지의 가르침을 생각하고 나는 내가 잘하는 부분을 개발하여 사회에서 필요한 사람이 되어 나라에서 세계에서 민주주의 세계 평화통일 문학을 하는 사람으로서 이름을 널리 떨쳐 나라 발전에 기여해야 된다고 생각했다.

전국적으로 비가 내린 뒤 낮 더위만 남고 뜨거운 열기는 가셨다.

갈수록 바람이 더욱 시원해져 기분이 날아갈 것처럼 좋아졌다.

창공을 날아가는 새들은 더 높이 비행을 한다.

파아란 하늘은 쪽빛으로 물들어서 맑은 마음의 빛깔로 비추인다.

구름 한 점 없는 태양 볕은 대지에 마구 쏟아져 열매 맺기 위한 알맞은 환경을 만들어 준다.

뿌리에서 양분을 공급받아 가지의 이파리 옆에 맺힌 열매는 자꾸 자라서 눈에 뜨이게 익어 간다.

넓은 주택에 이어진 텃밭을 오고 가며 신기해서 자주 바라본다.

마침 고추잠자리가 맴을 돌며 날아가고 있었다.

도심 속에서 찾아볼 수 없는 장면을 이곳에서 감상하고 있다.

고추가 주렁주렁 방울토마토며 오이, 호박도 가꾸어 건강한 먹거리를 직접 재배하고 있어서 부러웠다.

천천히 걸어서 횡단보도를 건너기 위해 멈추어 설 때면 생각나는 곳은 아스팔트길에 뿜어 나오는 매연이 아닌 공기 좋은 나무가 많은 그런 곳을 동경하고 있었다.

자연적으로 나는 성당의 쉼터로 향하는 나 자신을 발견하곤 한다.

성당 앞마당에는 화분에 잘 가꾸어진 가을꽃들이 피었다.

봉사하는 사람들이 물을 주면서 반겨 주었다.

햇볕이 강하게 내리비추인데 물을 흡수한 가을꽃들이 그윽한 향기를 내뿜는지 오고가는 사람들의 발길이 멈춘다.

이곳에는 좋은 냄새가 피어나서 마음을 기쁘게 만든다.

나뭇가지 이파리들도 퇴색이 되어 더 짙은 색깔의 그림으로 다가와 시원해진 마음속 내부로 전해진다.

여름내 냉커피를 마셨더니 목상태가 좋지 않아 성당 카페에서 따듯한 아메리카노 한 잔 앞에 하고 앉아 향기를 맡는다.

한쪽에서는 꽃향기가 진동을 하고 그 옆에서는 커피 향기가 퍼져서 뒤범벅이 되어 기분이 좋아지는 느낌이다.

성모상 앞에 촛불을 켜고 기도하는 사람들도 있었다.

나도 잠시 눈을 감고 묵상을 한다.

인생을 살아가기 위한 에너지를 재충전할 수 있는 힘을 주소서.

평생 글을 쓸 수 있는 용기와 건강을 허락해 주소서.

슬픔은 나눌수록 절반으로 줄고 기쁨을 나눌수록 몇백 배, 몇만 배 더해진다는 말씀으로 충만한 마음의 자세로 매사에 임할 수 있도록 남을 배려하고 사랑할 수 있게 하소서.

감았던 눈을 뜨자 스쳐 간 바람 한 점이 미소를 짓는다.

13

무덤까지

맑고 높은 하늘은 한 폭의 그림 같은 정경이 눈앞에 펼쳐진다. 인간은 불완전하기 때문에 혼자서는 살 수 없고 서로 기대고 산다.

하느님의 형상으로 만들어진 사람은 한 번 태어나면 한 번 죽는다.

우리는 육신의 부활을 믿는다고 하는데 여기서는 무엇을 말하는가. 우선 육신의 부활에 대한 이야기가 나오게 된 배경을 이해하는 것이 중요하다고 생각했다.

따라서 육신의 부활을 이야기했던 것은 잘못된 생각이며 우리의 부활이 영혼과 육신의 전인적인 부활, 육신까지 포함한 완전한 부활이라는 것을 강조한다.

또한 육신의 부활은 현재 우리가 지니고 살아가는 육체가 단순히 재생된다는 것을 뜻하지 않는다.

육신과 영혼의 분리인 죽음으로 사람의 육신은 썩게 되지만 그 영혼은 하느님을 만나 영광스럽게 된 그 육신과 다시 결합되기를 기다린다. 하느님께서는 당신의 능력으로 예수님 부활을 토해 우리 육신을 우리 영혼에 결합시킴으로써 영원히 썩지 않는 생명을 육신에 돌려주실 것이라고 말하고 있다.

육신의 부활은 하느님께서 선물로 주시는 영적인 새로운 몸으로 부활하는 것을 의미한다.

우리의 믿음은 지금 살아가고 있는 이 땅에서의 삶이 영원한 생명과 연결된다는 것을 말한다고 생각한다.

육신의 부활은 오늘을 살아가고 있는 내가 부활한다는 것이다.

이 세상에서의 삶과 전혀 무관한 어떤 존재로 부활하는 것이 아니라 오늘을 살아가고 있는 나, 하루하루 열심히 살고자 노력하고 하느님의 뜻을 실행하려고 마음을 모으는 삶을 살고자 하는 내가 부활하는 것이다.

그렇기 때문에 육신의 부활 즉 영원한 생명에 대한 믿음은 선을 행한 이들은 부활하여 생명을 얻고 악을 저지를 자들은 벌을 받을 것이라는 권선징악으로 마음에 새기자는 말이다.

그렇게도 작열했던 더위는 완전히 물러가고 전형적인 가을 날씨가 쾌청하게 당분간은 전개될 듯이 보인다.

드넓은 하늘가에 하얀 구름이 두둥실 떠다닌다.

그 아래 자유롭게 날아다니는 새들의 자유를 감상하곤 나도 날고 싶은 충동을 느낄 때마다 바라보면서 소원을 빈다.

인간의 힘으로 할 수 없는 것은 기도를 간절히 하면 이루어진다고 했는데 인간은 날 수 없다는 불변의 진리는 바꿀 수가 없다.

한참 울어 대던 매미의 울음은 짝을 찾았는지 조용해졌다.

가을이 왔다고 우는 귀뚜라미는 좀처럼 찾아볼 수 없었는데 이곳에서

귀뚤귀뚤 슬프게 울어 감상에 젖게 한다.

밤이 되었는데 달빛을 타고 내려온 천사를 만난 것처럼 마음이 아름답게 승화되어 세상을 바라보는 자세가 달라졌다.

삶이 이만큼이나 남아 있다. 더 이상 무엇을 바라겠는가?

세상에 대한 욕심은 버리자. 살아 있는 동안 최선을 다해 이루어진 꿈, 이룰 수 없는 꿈을 뒤돌아보고 정리해 보자.

있는 한 희망이 존재한다는 인생철학을 음미해 보자.

지구를 향해 반짝반짝 빛을 발휘하여 우리가 사는 곳에서 바라볼 수 있는 귀한 별 달빛이 밝아 희미하게 보인다.

맑은 날 바라볼 수 있는 강물처럼 흐르는 은하수의 신기한 모습, 홍미로운 장면은 지금도 호기심이 가득하다.

저런 우주를 가 볼 수 없는 인간의 한계에 나약해지기도 한다.

인생을 마감하면 가 볼 수 있는 곳인지 알 수가 없다.

아침저녁이 많이 시원해져서 덥지도 않고 춥지도 않은 좋은 계절이지만 한낮에는 잠시 덥고 해가 지면 서늘해진다.

오늘도 시간이 오래되어서야 잠자리에 들었다.

가을 어느 날 우리 부부는 상쾌한 기분으로 외출을 한다.

주말이라 전철 안은 별로 붐비지 않아 자리에 나란히 앉아 창밖을 바라본다.

벼가 누렇게 익은 들녘이 내다보인다. 가슴이 확 트이는 기분이 든다. 기계로 왔다 갔다 하면서 추수하는 곳도 있었다.

길가에 코스모스가 하늘하늘 바람에 흔들리고 키순대로 서서 노래를 부르는 장면은 한편의 영화 장면 같았다.

그 옆에 핀 가을꽃은 숨어 있어 보이지 않고 그윽한 향기가 가득히 날아오는 느낌으로 즐겨 맡는다.

전철 1호선을 타고 천안역에서 내렸다.

"여기서부터 과일 익어 가는 냄새가 나는 것 같아."

"정말 코끝에 단맛의 향기가 나. 저 과수원에서 날아와요."

"이 길을 계속 가면 포도밭이 나오는 방향이야."

한참 걸어서 과수원에 도착했다. 옆에 사과밭도 있었다.

사람들이 과수원에서 잘 익은 열매를 타서 작업을 하는 등 바쁘게 움직이고 있어서 우리도 거들었다.

쉬는 시간에 과일을 먹어 보았는데 맛이 신선하고 좋았다.

"이 주소로 포도 5박스 사과 5박스 보내 주세요."

"예, 과일이야 믿을 수 없는 최상품이에요. 도착하기까지 이삼 일 걸려요. 계산은 카드로 할 수 있어요."

나뭇가지에서 불어오는 훈풍으로 기분이 아주 좋아졌다. 주렁주렁 매달려 있는 포도를 가위로 따서 조심스럽게 바구니에 담아 실어 날랐다.

과수원에 직접 가서 지인들에게 선물할 수 있는 자유를 만끽하고 해 질 무렵 돌아오는 발걸음이 가벼웠다.

집에 와서 저녁은 대충 챙겨 먹고 달달한 믹스 커피를 한잔씩 마시고는 너무 피곤해서 거실에 한참 누워 있었다.

밤은 불빛이 반사되어 환하게 비추어진 사이로 별이 반짝거렸다.

짙은 녹색 이파리는 녹색이 변하기 전 준비를 하고 있었다.

더 많은 햇볕과 더 많은 바람을 필요로 했다.

가을 햇살이 너무 따스하게 내려오는 한낮에는 덥다는 느낌이었다.

나는 비타민 D를 받기 위해 햇살을 쬐면서 감상하고 있었다. 1년 중에 가장 활동하기 좋은 달은 얼마 되지 않는다.

그러나 사계절이 뚜렷해서 대한민국을 너무 사랑하고 좋아한다.

봄에 씨를 뿌려서 잎이 나오고 꽃을 피워 여름에는 땡볕 더위를 이기고 열매가 맺어 성장해서 가을에는 알곡으로 영글어 추수하는 풍성한 계절에 감사기도 드린다.

햇볕을 많이 받는 순서대로 짙은 녹색이 퇴색이 되어 물이 들기 시작한다. 나의 마음속에도 수채화로 수를 놓는다.

북쪽에서부터 남쪽으로 산에 20% 물이 들면 단풍이 시작하고 남쪽까지 전체가 80% 물이 들면 절정이라고 말한다.

10월 내내 한반도는 그림 같은 풍경을 만들어 낸다.

아름다운 전경을 구경하기 위해 언제나 이맘때면 사람들은 산으로 올라가 소리를 지르며 일상에서 받은 스트레스를 풀고 내려오곤 한다.

올해의 가을에도 단풍 구경을 하지 못하면 허전하다는 생각이 들어 친구들과 산에 가자고 계획을 세웠다.

간단하게 뜨거운 물을 마오병에 담고 컵라면, 커피, 감귤 등을 준비해서 배낭에 담아 등에 메고 전철을 탔다.

북악산이 개방이 되어서 친구들과 오르고 싶었다.

등산복 차림으로 스틱을 짚고 아름다운 단풍을 감사하기 위해 호흡하기 편한 대로 오르고 있었다.

빨강, 노랑색으로 곱게 물이 들어 사람들을 반겨 주었다.

한 폭으로 연결된 산수화로 그림을 그려서 펼쳐 놓은 상태여서 한참 상상의 나래를 펴고 있었다.

둘레길을 오르다가 쉬는 곳에서 내려다보는데 장관이었다.

종이컵에 믹스커피를 붓고 마오병 안의 뜨거운 물을 부었다.

"여섯 잔 만들었어요. 커피 냄새가 너무 좋아요. 한 잔씩 마셔요."

"진짜 향기가 원두커피 비슷하게 퍼지네요. 달달해요."

"경치를 바라보면서 커피를 마시니 무릉도원에 와 있는 것 같아요."

"너무 좋아요."

"컵라면 들고 싶은 사람 있어요?"

"그것보다 산행 마치고 내려가서 순댓국에 한잔해요."

"그래요. 단풍구경도 좋지만 먹는 재미도 있어야죠."

"그럼요. 이제 다 마셨으니까 계속 오릅시다."

맑은 공기와 아름다운 풍경이 참으로 인상 깊었다.

몇 시간 걷다가 북한산으로 이어지는데 옆으로 길을 따라 내려왔다.

전철을 다시 타고 집으로 돌아오기 전 약속대로 순댓국집에 들렀다.

머릿고기가 들어 있는 순댓국에 소주를 곁들여 주거니 받거니 적당하게 마시고는 기분 좋게 헤어져 집에 들어갔다.

이제는 생활이 직업 전선에서 물러나고 이렇게 친구들과 여생을 보내야 된다는 사실을 다 알고 순리대로 살아야 된다.

아파트 화단의 나뭇가지 이파리도 쉼터에도 녹색이 변해 빨강색, 노란색으로 옷을 입고 오고 가는 사람들이 올해도 눈을 아름답게 만드는 마력의 계절이 되었구나 하고 감탄한다.

길가의 은행잎들이 노랗게 물이 들어 나무 밑에 떨어져 있었다. 나는 아직도 소녀 시절 때 은행잎을 주워 성경책 속에 넣어 두었던 이파리가 갈색으로 변해 있었다.

갈색 이파리를 들고 가만히 향기를 맡아 본다.

이렇게 나이가 들면 추억을 먹고 살기도 한가 보다.

그때 그 시절 앨범에 간직해 둔 사진들을 차례대로 펴서 보고서 한참 생각에 잠겨 미소 짓기도 하고 그러나 세월이 많이 흘러 어떻게 변해 있을까 궁금하기도 한다.

아름다운 단풍이 들어 사람들의 시선을 끄는 것도 잠시 낙엽이 되어 하나둘 떨어지기 시작한다.

화려한 단풍이 갈색으로 변해진 순서대로 떨어져서 낙엽이 진다.

봄에 잎이 나서 여름내 뜨거운 햇볕을 받고 가을에는 단풍이 들어서 낙엽이 되어 떨어진다.

나무들의 생리적인 현상을 보고 사람들은 감정에 몰입해서 각자 생각하는 각도가 다르다.

찬바람이 불면 낙엽은 우수수 떨어져 거리에 뒹군다.

나는 낙엽을 밟으며 며느리가 출산이 가까워 같이 병원에 갔다.

며칠 있다가 양수가 터지는 것 같아 산부인과에 입원했다.

손주를 기다리는 마음이 이런 것인가 보다.

밖은 세찬 바람이 부는데 며느리가 난산으로 고생하고 있다.

부모가 되기가 얼마나 힘이 드는지 안쓰럽기만 하다.

저녁때가 되어 아들도 오고 안사돈과 교대를 했다.

집에 돌아와 남편 밥을 챙겨 주고 언제나 애기가 태어나는지 잠을 이루지 못했는데 1시경에 건강한 공주를 낳았다고 말을 듣고 아빠가 된 것을 축하했다. 안심이 되어 잠자리에 들었다. 아침에 남편이 퇴근 후 손주 만나러 간다면서 출근하고 나는 면회시간에 맞추어 설레는 마음으로 병원으로 갔다.

오늘은 정말 특별한 날이었다.

건강하게 태어난 손주를 3번 면회할 때 만나고 돌아오는 발걸음이 너무 좋아서 가벼웠다.

밤공기가 조금 차가웠지만 기분이 좋은 날이어서 흥얼흥얼 콧노래가 절로 나와 '잘 자라, 우리 아가' 노래도 불러 보았다.

유리창 너머로 별들이 반짝반짝거리며 소곤거렸다.

성당 마당에 나뭇가지에서 떨어진 낙엽들이 수북이 쌓였다.

낙엽을 밟으며 넓은 공간을 돌아다녔다.

바스락바스락 낙엽이 부서지는 소리가 귓가에 들린다.

간밤에는 가을비가 내려 낙엽이 촉촉하게 젖어 있었다.

한쪽에 앉아 젖어 있는 낙엽이 이리저리 뒹굴며 날아다닌다.

그런데 성당에 다녔던 어떤 분이 노안으로 돌아가셨다.

마지막 장례미사를 드리기 위해 운구차가 들어오고 있었다.

우리들도 명복을 빌면서 하늘나라에 무사히 건너갈 수 있도록 하느님께 불쌍하게 여기시고 받아 주시라고 기도를 했다.

경건한 마음으로 옷깃을 여미고 미사를 보고 밖으로 나왔다.

모두 버스를 타고 영정 사진 등을 실은 밴을 바라본다.

요즈음에는 경제가 어렵기 때문인지 흥겨운 캐롤이 들리지 않아 아쉽고 찬송가를 부르고 기도를 한 뒤 파놓은 땅속에 묻고 무덤을 만들고 나서 잔디 옷을 입혔다.

한 생명이 태어나서 한 세상을 살다가 흙으로 돌아간 것이 씁쓸하다. 한참 묵주기도를 드리며 천국에 가서 다시 태어나기를 기도했다.

집에 돌아와 오늘 있었던 이야기를 나누었다.

우리 나이가 부모님이 저세상으로 떠나는 때가 됐으니 장례식에 가끔씩 참석해야 할 일들이 생겨날 거란 말을 하고 서운해했다.

이렇게 사람은 한 번 태어나면 한 번 죽는다.

선진국이란 요람에서 무덤까지 나라에서 책임지고 보아 주어야 한다는 생각이다.

미국이나 유럽의 사회 복지 국가들처럼 복지 사회 건설이 되려면 부자들에게서 세금을 많이 거두어 사회에 환원이 되도록 정치를 잘할 수 있는 사람들을 우리 손으로 뽑아야 된다.

앙상한 가지만 남은 나무들은 겨울을 재촉하는 바람이 세차게 불면은 이리저리 흔들리며 윙윙 소리를 내면서 날아간다.

가을은 끝이 나고 나무들은 허리에 지프로 겨울옷을 입는다.

낙엽이 뒹구는 아스팔트길은 미화원 아저씨들의 손에 의해 말끔하게 치워져 환해졌다.

아직은 그렇게까지 춥지 않은 기온에 건조한 날씨가 전개된다.

올해가 얼마 남지 않은 시간이 아쉽다.

을씨년스럽게 잿빛 하늘은 첫눈이 올 것 같은 느낌이다.

전철을 타고 시내에 나가서 언제나 그랬듯이 카드를 사고 싶었다.

시청에서 광화문 거리를 걷다가 종로에 있는 문구점에서 크리스마스 카드와 볼펜을 사고 아담한 카페에 들어갔다.

한쪽에 자리 잡고 앉아서 아메리카노 한 잔 앞에 놓았다.

크리스마스카드를 가방에서 꺼내 놓고 생각에 잠겨 있었다.

뜨거운 커피를 한 모금 마시고 볼펜으로 쓰기 시작했다.

잔잔한 음악이 흐르고 커피 향기 마트며 창밖을 바라본다.

요즈음에는 경제가 어렵기 때문인지 흥겨운 캐롤이 들리지 않아 아쉽 고 옛날 모습이 아련히 그립다.

커피가 알맞게 식어 가끔씩 마시는 맛이 너무 좋았다.

마지막 마무리를 하고 음악을 들으며 커피를 다 마신 뒤 일어나서 뒤처 리를 하고 밖으로 나왔다.

바쁘게 오고 가는 사람들은 발걸음을 들으며 광화문 우체국으로 들어 간다. 카드 봉투 입구를 풀로 붙이고 주소를 다시 읽어 본다.

지인들에게 언제나 보냈는데 올해에도 잊지 않았다.

우표를 사서 붙이고 직원에게 건네주고는 우체국을 나와 계속 거리를 돌아다녔다.

남대문 시장 입구에서 종소리가 난다.

불우 이웃 돕기를 행사로 이때가 되면 종소리가 들리는데 습관적으로 우리보다 못한 사람들과 나눌 수 있으면 더욱 따뜻한 세상이 되지 않을까 생각해 보았다.

크리스마스가 우리 곁에 가까이 오고 있었다.

예전처럼 크리스마스트리를 만들며 우리 손주들도 생각한다.

천사 같은 마음을 담아 선물 보따리도 마련해 두었다.

크리스마스이브 전날 성당 커피숍에 앉아서 젊은 학생들이 이날을 위해 준비한 행사를 마지막 연습하는 장면을 보고 하느님의 외아들 예수님을 잠시 묵상해 보았다.

예수님께서 우리에게 한 말씀 '두려워하지 말아라' 말씀의 근거는 하느님께서 우리와 함께 계시기에 우리는 두려워할 어느 것도 필요 없다는 것이 그 안에 담긴 논리이다.

이렇게 우리 모두를 두려움 없는 삶으로 초대한다.

그리고 바로 그것이 스스로 사람이 되시어 우리와 함께 계시려는 하느님 뜻이라고 가르쳐 준다.

단지 우리가 해야 할 일이라면 하느님께서 함께 머무실 자리를 우리들의 삶 안에 마련하는 것이어야 한다.

하느님 없는 듯이 살아가는 세상 한가운데에 작은 구유 하나를 준비하는 가난한 마음 그 마음과 함께 우리 그리스도인들은 아기 예수님을 기다린다.

그 멀고 험한 여정을 거쳐 예수님을 만나는 세 명의 동방박사의 이야기가 나온다.

그들은 별의 인도를 받아 멀리 동방에서 이스라엘까지 와서 아기 예수님을 찾아뵙고 경배를 드린다.

그리고 황금과 유향, 몰약을 예물로 바친다.

황금은 왕에게 바치는 예물로 예수님이 진정한 왕이심을 고백하는 것이고 제사 때 사용하는 향료인 유향은 예수님이 참 하느님이심을 인정하는 표징이다.

몰약은 시신에 바르는 방부제로써 예수님이 참 인간이시며 우리를 위해 수난을 당하실 분임을 예고하는 상징이다.

우리도 동방박사들처럼 하느님을 향한 열망에서 예수님을 찾을 수 있었으면 좋겠다는 생각이 든다.

구원의 빛이신 그분만이 우리 내면의 어둠과 주변의 암흑을 몰아내주시기 때문이다.

그 빛 안에서만 믿음과 희망 사랑이 가득한 나로 성장하고 우리가 형성될 수 있기 때문이다.

세상과 이웃, 나 자신 모두 중요하다.

하지만 하느님이 주인이 되시지 않으면 이 모든 것은 의미를 잃어버릴 뿐만 아니라 변질될 위험이 크다.

세상 모든 것은 하느님의 빛 안에서만 그 의미와 가치가 드러난다.

이 한밤에 예수님 탄생을 축하하면서 모든 사람들과 이 기쁨을 함께 나누고 서로 사랑하는 충만한 해가 되기를 기원해 본다.

미사를 드리고 마당에서 따뜻한 국물에 국수, 떡, 과일 등을 나누는데 마음이 포근하였다.

더운 열기가 세상을 향해 깊은 호흡을 하고 퍼져 나가는 것 같았다. 진한 여운을 안고 집으로 돌아가는데 기분이 너무 좋았다.

밖은 세찬 바람소리가 나뭇가지를 흔들며 멀리 날아가는지 요란스러

윘지만 가만히 깊은 잠을 청해 꿈나라로 나래를 폈다.

한 해가 시작한지 엊그제 같은데 벌써 연말이란 단어가 생소하다는 느낌이 든다.

대선이 다가오는데 정치권에서는 선거 열풍이 후끈후끈 달아올라 전국이 들썩거렸다.

이번 겨울은 선거운동으로 한겨울인데도 춥다는 느낌이 들지 않아 자꾸 쏘다닌다.

우리나라를 대표하는 선거운동으로 한겨울인데도 춥다는 느낌이 들지 않아 자꾸 쏘다닌다.

우리나라를 대표하는 지도자는 어떤 사람을 뽑아야 할지 생각해보고 정말 잘 뽑아야 한다.

민주주의 선진국 세계 평화 통일의 나라 사업에 성공해서 한 겨울에도 꽃피울 수 있는 그 날이 올 수 있도록 잘 이끌어 갈 수 있는 사람이 뽑혀야 된다고 생각한다.

선진복지 사회란 무엇을 말하는가?

여기에서 강조하건대 태어나서부터 무덤까지 평생을 국가가 책임을 져야 한다는 것이다.

놀이방, 유치원, 초등학교, 중고등까지 무료로 다닐 수 있고 아프면 병원에 갈 수 있는 보건 복지. 실업자에게 최저 생계 유지비가 지급되고 목숨이 다할 때까지 연금이 지급되는 나라가 우리가 추구하는 선진 복지국가이다.

이러한 나라가 되면 자연적으로 인구가 늘어날 것이라고 생각한다.

이제 마무리를 하고 훌훌 털어 버리고서 자유롭게 여행을 떠나고 싶은 마음으로 이야기를 맺는다.

오랫동안 다른 세상에서 살다가 일상으로 돌아온 기분은 너무나 감개무량했었다.

다시 새 봄이 찾아와 모든 사람들을 새롭게 만드는 것 같은 느낌은 이제는 괜찮다하고 안도감이 들었다.

우리 모두 코로나19 바이러스 전쟁에서 승리를 했다.

그러나 후유증으로 빈부의 격차를 더 벌려 놓는 결과를 가져왔다.

인간이 태어나면서 가지고 있는 생명, 자유, 평등 등에 관한 기본적인 인권에 대해서 곰곰이 생각해 보았다.

사람은 수많은 경쟁을 뚫고 세상에 태어났기 때문에 대단히 존엄한 만물의 영장이다.

우리나라 건국이념, '널리 인간 세계를 이롭게 한다'는 삼국유사에도 나오는 말들이다.

최대한 인간답게 살 수 있는 사회복지제도를 말로만 국민들을 위한다고 하지 말고 행동으로 실천해 주시라는 게 우리 모두의 여론이다.

화창한 봄에 하늘에서 비추이는 햇살이 반짝반짝 온 세계에 퍼져 나가는데 너무나 아름다워서 한참동안 감상하고 있었다.

이렇게 호흡하고 앉아 있다는 것이 눈물이 나도록 감사했다. 봄은 꿈과 희망을 심고 새로운 시작이라고 생각한다.

봄바람이 살랑살랑 여인의 치맛자락에 불어와 펄럭인다.

청춘, 그 이름만 들어도 심장이 뜨거워진다.

청춘들이여, 꿈을 가져라. 그리고 최선의 노력을 해 보아라.

결코 현실은 절망만 있는 것이 아니다.

실업자가 많은 것은 어제 오늘 일이 아니고 인구가 늘어나지 않는 가장 큰 이유 중의 하나가 된다.

인구가 줄어들면 젊은 세대 수가 적다는 건데 미래에는 어떻게 충당할 수 있는가를 생각하지 않을 수가 없다.

로봇 인공지능이란 말을 많이 들어 보았을 것이다.

미래에는 인공지능이 사람 대신 일을 해서 노년기에 있는 사람들을 먹여 살리게 한다고 투자를 하고 있다는 것이다.

한편으로는 결혼에 대해서 심각하게 생각해 보았다.

결혼은 해도 후회하고 하지 않아도 후회한다고 한다.

그런데 해서 후회한 것이 더 낫다는 말이 있다.

행복이란 추상적인 말인데 우리의 주거 문제 먹고 사는 문제 등이 기본적인 것이고 더 나아가 문화생활을 즐길 수 있을 정도가 되어야 구체적으로 행복하다고 느낄 수가 있다.

다들 선진국이라는데 피부에 와닿지 않는 말들이다. 선진의식이 이번 코로나19를 이겨 나가는 데서부터 발달이 되어 가고 있다.

선진국이란 국가에서 일생을 책임을 지고 돌보아야 한다.

우리는 무엇이든지 잘할 수 있다는 무안한 가능성이 있다.

모든 걱정, 근심 벗어 버리고 긍정적인 생각을 하고 마음껏 웃어 보자. 웃으면 복이 온다.

인생을 살다 보면은 생각지도 예상하지도 않는 일들이 불쑥 생겨나는 경우가 있다.

지구상에 많은 사람들이 태어나지만 태어나자마자 죽는 사람들도 많이 있다.

사람들이 많은데 먹을 것은 한계가 있어 다 충당하지 못한다.

그로 인해 생겨나는 질병은 우리가 모르는 사이 발생한다.

우리가 이런 사람들에게 생명을 조금이라도 연장시킬 수 있도록 베풀고 살아갈 수 있었으면 한 바람이 생겼다.

사랑은 나눌수록 몇 배, 몇천 배, 몇만 배 은혜를 내려 주신다는 하느님 말씀을 생각해 보았다.

2026년 글쓴이 김영임

우리의 행복

ⓒ 김영임, 2026

초판 1쇄 발행 2026년 4월 10일

지은이　　김영임
펴낸이　　이기봉
편집　　　좋은땅 편집팀
펴낸곳　　도서출판 좋은땅
주소　　　서울특별시 마포구 양화로12길 26 지월드빌딩 (서교동 395-7)
전화　　　02)374-8616~7
팩스　　　02)374-8614
이메일　　gworldbook@naver.com
홈페이지　www.g-world.co.kr

ISBN　979-11-388-5652-2 (03810)